JN178307

ばら咲く季節に

ベティ・ニールズ

江口美子 訳

ハーレクイン
SP文庫

ROMANTIC ENCOUNTER

by Betty Neels

Published by Harlequin Japan,
a Division of K.K. HarperCollins Japan, 2025

ベティ・ニールズ

イギリス南西部デボン州で子供時代と青春時代を過ごした後、看護師と助産師の教育を受けた。戦争中に従軍看護師として働いていたとき、オランダ人男性と知り合って結婚。以後12年間、夫の故郷オランダに住み、病院で働いた。イギリスに戻って仕事を退いた後、よいロマンス小説がないと嘆く女性の声を地元の図書館で耳にし、執筆を決意した。1969年『赤毛のアデレイド』を発表して作家活動に入る。穏やかで静かな、優しい作風が多くのファンを魅了した。2001年6月、惜しまれつつ永眠。

◆主要登場人物

フローレンス・ネピア……………看護師。
アレクサンダー・フィッツギボン……外科医。
エリノア…………………………フィッツギボンの恋人。
ミスター・ウィルキンズ…………外科医。
ミセス・キーン……………………病院の受付係。
ミセス・トウィスト………………下宿の主。

1

牧師館の二階の窓を拭《ふ》いていると、小道を走ってくる車の音が聞こえ、フローレンスは、誰が来たのか見ようとして窓から顔を出した。優雅な濃いグレーのロールスロイスが玄関の前にとまる。珍しいことがあるものだと思いながら、彼女はいっそう身を乗り出した。降り立ったのがミスター・ウィルキンズだとすぐわかった。彼は外科医だ。フローレンスは一年ほど前に病院勤めを辞めたのだった。今は病み上がりの母の世話をし、母に代わって家事をこなしている。また仕事に戻りたいかと、彼はききに来たのかもしれない。でも、あの職にはほかの人が就いているでしょうから、コルバート病院で働きたかったら、どんな仕事でもする気でないとだめね。それに、権威ある専門医が看護師を探し回っているとも思えない……。

次に車を運転していた人が降りた。非常に背の高い大柄な男性で、髪は白髪混じりだ。彼は辺りを見回してからフローレンスのほうを見上げ、驚いたような愉快そうな表情をした。フローレンスはあわてて首を引っ込めたが、その際頭を打ちつけた。だが、ミスター・ウィルキンズが彼女を見つけて声をかけたので、もう一度顔を出さないわけにはいかなかった。彼は階下へ来て中へ入れてほしいと言っている。頭にかぶったほこりよけのスカーフを外しながら、フローレンスは階下へ下りてドアを開けた。

ミスター・ウィルキンズが愛想よく尋ねた。「お久しぶり。元気かね？」古びたスカートとセーターの上にエプロンをかけた姿に目をやる。「こんな時間に来て迷惑じゃなかったかな？」

フローレンスは静かに微笑した。「いいえ、全然、先生。春の大掃除をしているところですの」

あらゆる便利な設備が整い、春の大掃除など不要な家に住むミスター・ウィルキンズは興味をそそられたようだ。「ほう、そうかね。でもちょっと時間を割いてもらえないかな？　ミスター・フィッツギボンを紹介するよ」連れの男性に向かって言う。「こちらがフローレンス・ネピアだ」

フローレンスのシャボンがついた手を、彼の大きな手が包み込んだ。彼は厳粛に「はじめまして」と言ったが、依然として面白がっているように見える。ひどい格好をしているから当然だけれど。

しかしそんな姿でも、さり気なく後ろで結んだ鮮やかな赤銅色の髪も整った顔も金色のまつげに囲まれた大きなブルーの瞳も美しいことに変わりはなかった。フローレンスはやや冷たい視線を彼に向けたが、そのグレーの瞳に情熱を見てあわてて目をそらした。そしてミスター・ウィルキンズに話しかけた。

「どうぞ応接間へお入りください。母は弟たちと庭に出ていて、父はお説教を書いているところですけど。コーヒーはいかがですか？」フローレンスは大きいけれどもややむさくるしい部屋へ二人を導き入れた。暖かい四月の朝なので窓が開けてある。「お座りになって。お客様が見えたことを母に知らせてから、コーヒーをお持ちしますわ」

「わたしたちは君に会いに来たんだよ、フローレンス」ミスター・ウィルキンズが言う。

「わたしに？　あら、でも母がお目にかかりたがると思いますわ」

フローレンスは旧式の窓を開け広げ、子供のように無邪気に窓枠を飛び越えた。ミスター・フィッツギボンの引きしまった口もとがほころぶ。

「彼女は病棟では優秀な看護師だし、とてもきれい好きなんだが、大掃除中は多少見苦しい格好になるんだろう」ミスター・ウィルキンズが言った。

母を連れたフローレンスが今度はドアを通って戻るのを見て、ミスター・フィッツギボンは立ち上がった。ミセス・ネピアは小柄で美しく、長い間病気だったせいか少し弱々しく見える。フローレンスは紹介をすませて母を座らせると、コーヒーをいれに席を外した。

「あのお二人はどなた？」週に二度、村から働きに来ているミセス・バケットがきいた。

彼女は何年も忠実に勤めてきた自分を家族の一員だと思っている。

「わたしがコルバート病院に勤めていたときの外科医が、友人と一緒に見えたの」

「なんのために？」

「見当がつかないの。わたしがトレイの用意をする間にお湯をわかしてちょうだいな。理由がわかりしだい教えてあげるわ」お湯がわく間にフローレンスはエプロンを取り、セーターの形を整え、髪をなでつけた。「お客様が着かれたとき薄汚い格好をしていたんだから、今さら仕方がないんだけど」

「まさか……。あなたはどんなに頑張ったところで薄汚くなんて見えたりするものですか。でも、手は洗っていくべきね」

ミスター・フィッツギボンは立ち上がってトレイを受け取り、フローレンスが座るまで腰を下ろさなかった。フローレンスは彼にあまり好感を持てなかったが、礼儀正しい人だということは認めざるを得ない。患者の扱い方もおそらく上手なのだろう。

皆でコーヒーを飲んで世間話をしたあと、ミセス・ネピアが立ち上がった。「ミスター・ウィルキンズがあなたにお話があるとおっしゃるから、わたしは庭へ戻りますよ、フローレンス」彼女が握手をして部屋を出ていくと、一同は再び腰を下ろした。

「お母さんの健康状態はどうかね？　君が仕事に復帰できるほどよくなっておられるだろうか？」

「ええ、二、三日前コリンズ先生に診ていただきました。毎日一、二時間ずつ手伝いに来てくれるような人を探さなくてはならないけど、わたしはまず仕事を見つけないと」

「なるほど」ミスター・ウィルキンズが言う。「あいにくわたしは何も提供できないが、ミスター・フィッツギボンはできるよ」

「二週間後にぼくの診療所に看護師が必要になるとミスター・ウィルキンズに言ったら、君ならきっとぼくの気に入ると言われたのでね」

わたしはあなたを気に入るかしら？　ちらっと考えて彼女は赤くなった。フローレンスの胸中を読み取ったかのように、彼がまた愉快そうな表情をしたのだ。

「そういうところでの経験は全然ないんです。病院勤務ばかりでしたので……」

「暇な仕事だと思ってもらっては困る。患者の数は多いし、ぼくはあちこちの病院で胸部の手術を行っている。今の看護師は手術室にも入ってぼくを補佐してくれているが、君はそういう仕事をする気はないのかな？」

「手術室での仕事はたびたびしましたわ、ミスター・フィッツギボン」フローレンスはいら立った。

「それならこの仕事に興味を持てるはずだ。週末はフリーだが、場合によってはぼくについてきてもらうこともある。ぼくの診療所はウィンポール街にあって、ブライス看護師は近くに下宿している。気に入れば続けて借りたらいい。給料は……」

額を聞いてフローレンスは唖然《あぜん》とした。「そんな多額の……」

「ああ、もちろん。仕事は前より忙しいし、ぼくの行動に合わせてもらう必要があるから」

「今の看護師さんが辞められるのは……」

「結婚のためだ。五年間勤めてくれた人でね……。考えてみてくれたまえ。明日電話をしよう。三時ごろでいいかな？」

「わかりました、ミスター・フィッツギボン」フローレンスは頭の中でややでたらめな暗算を急いでしながら、あいまいな声で言った。このお金はすごく役に立つわ。牧師館のお手伝いを雇えるもの。新しいおなべがひと組必要だし、それに、洗濯機も買い替えないと……。

フローレンスは二人に別れの挨拶《あいさつ》をした。ミスター・フィッツギボンは鼻が高く、意志の強そうなあごをした、落ち着いた雰囲気のハンサムな男性だが、別れるときにはにこりともしなかった。

ロールスロイスが牧師館の門を滑り出ていくのを見送りながら、取っつきにくそうな人だこと、とフローレンスは思った。

家の中に入ると母も庭から戻っていた。

「よさそうなかたね。なぜここへいらしたの、フローレンス？」

「看護師が要るんですって。ミスター・ウィルキンズが、わたしを推薦してくださったのよ」

「ご親切ね。ちょうどよかったじゃないの。これで働く場所をほうぼう探し歩かなくてもすむわ」

「まだ引き受けたわけじゃないのよ、お母さん」

「どうして？　わたしはまた家事ができるようになったのよ。お給料が安いの？」

「高給よ。ロンドンに住まなくてはならないけど、週末は呼び出されないかぎりフリーなの。ミスター・フィッツギボンはたびたびいろんなところへ行かれるらしいわ。専門は胸部の手術なの」

「ミスター・ウィルキンズは、あなたを以前のポストに呼び戻してくださるの、ダーリン？」

「いいえ、コルバート病院にはあきがないの」

「それならそのお仕事を引き受けるべきよ、フローレンス。変化ができていいわ。いい人たちに会えるでしょうしね」ミセス・ネピアが少々気にかけているのは、自分の美しい娘が結婚相手になりそうな男性に会う機会があまりないということだった。もう二十五歳だし、病院の研修医とデートはしても、相手はいずれも若すぎて貧しい青年たちだったようだ。年上で、経済的に安定していて、今まで恵まれなかったフローレンスになんでも与えてくれるような人がいたら……ミセス・ネピアは想像してみた。

「彼は結婚なさってるの？」

「知らないわ、お母さん。でも、お年は若くないからなさってるでしょうね」フローレンスは興味を感じなかったのでコーヒーカップを集めた。「お父さんに相談してみるわ。コルバート病院か、ほかの優秀な大病院にあきができるまでこの仕事を引き受けるのはいい考えかもしれないわね。わたしは時代に遅れたくないから」

「今、お父さんと話し合っていらっしゃい」ミセス・ネピアが時計を見る。「ちょうど今ごろはお説教が完成したか、行きづまっているかのどちらかよ。邪魔してあげたら喜ばれるわ」

相談を受けたミスター・ネピアはじっと考えてから、フローレンスがその仕事を引き受けるべきだと結論を下した。「ミスター・ウィルキンズのお知り合いなら、信頼できる人に違いない。給料も非常にいい……。もしおまえが乗り気でないなら、金額に左右されて決心するべきではないがね」

お金を考慮に入れないわけにはいかない。弟二人が進学するにつれて、牧師のささやかな収入は最低限まですり減っていた。父は今着ているものを脱いで人に与えるほど親切な善人だが、壊れた洗濯機や古びたなべ類や、妻が一年以上新しい帽子を買っていないことには全然気づいていない。

「いい考えね、お父さん」彼女は元気よく言った。「週末には帰れるんだし。ミス・ペインに毎日一時間ほど手伝いに来てくれるように頼むわ。ミセス・バケットが何もかもはできないから。支払いはわたしがするわ。充分なお給料をもらえるんですもの」

「おまえ自身も楽に暮らせるのだろうね、フローレンス？」

彼女はできると言った。「今の看護師さんの下宿があくから、気に入ったらそこに入れるの」

「とてもいい話のようだが、もちろんおまえの好きなようにするべきだよ」

フローレンスには充分な分別があった。就職して再び収入を得る必要があると思っているところへ、なんの努力もなしに運よく職を提供されたのだ。

翌日の三時きっかりに電話がかかってきた。フローレンスはミスター・フィッツギボンに、申し入れについて考えたかと冷静な声できかれ、同じように冷静な声で、受けますと答えた。

「それなら近日中にこちらへ来て、ブライス看護師と話をしてもらいたい。来週の月曜の午後ではどうかな？」彼は喜びもせずに言った。

「シャーボーンを十時ちょっと過ぎに出る列車があるので、一時ごろには診療所へ行けると思います」

「それならブライス看護師にとっても都合がいい。住所も電話番号もわかっているね？」

「はい、ありがとうございます」

「では、さよなら、ミス・ネピア」彼の口調は丁重だったが、ぶっきらぼうだった。

お説教を書き終え、聖歌隊の練習以外に用事のないネピア牧師はフローレンスをシャーボーンまで送った。ガッセージ・トラードからそこまでたった六キロだが、オースチンが古いのと百メートルごとに曲がりくねる道路のせいで思ったより時間がかかる。「必ずまともな昼食をとるんだよ。ライオンズでならいい食事ができるからね」父はめったにロンドンへ行かないので、喫茶店やバス乗り場などは昔のままだと思っている。フローレンスは父をがっかりさせないように何も言わなかった。

夕方のウォータールー発の列車に乗って帰ると約束して父と別れ、彼女はロンドンへ向かった。

ウォータールー駅でサンドイッチとコーヒーの昼食をすませてバスに乗り、オックスフォード広場で降りた。少し時間があったので、オックスフォード街の店をのぞいてから、ウィンポール街のほうへ曲がった。摂政時代ふうの上品な家屋が並んでいる。八十七番地はこの先に違いない。明るい日ざしを受けた比較的静かな町並みだ。オックスフォード街の喧騒《けんそう》に比べれば……いえ、ロンドンでこれ以上の静けさを期待してもむだだわ。フローレンスは、幸いまだモダンな世の中に追いついていないガッセージ・トラードのことを考えながら思った。

ミスター・フィッツギボンは診療所の窓際に立って、歩道を歩いてくるフローレンスを見ていた。彼女は重要な用件を果たすのにふさわしい地味な紺色のジャケットとスカートを身につけ、赤銅色の髪のほとんどを服によく合ったベルベットの帽子で隠し、よそ行きの靴をはいている。

フローレンスが教わった住所に到着して目を上げると、ミスター・フィッツギボンがにこりともせずに見下ろしていた。彼女は玄関へ行って呼び鈴を鳴らした。お給料はよくても、彼は厳格なボスになりそうだわ。

年配の玄関番がドアを開け、二階にある診療所へ行くように丁重に言った。踊り場まで行くとみがき上げられた呼び鈴のついたドアがあり、それを小太りの中年女性が開けてくれた。

「ようこそ。わたしはミスター・フィッツギボンの受付係、ミセス・キーンよ。真っすぐに進んでってちょうだい」彼女は感じよく言った。

「ブライス看護師に会うことになっているんですけど」

「そうね。でもミスター・フィッツギボンが今会いたいとおっしゃるの。お昼に行かれる前にね」

ミスター・フィッツギボンは窓を離れて、デスクについていた。入ってきたフローレンスを見て立ち上がり、「こんにちは、ミス・ネピア」と冷ややかに言って椅子を勧めた。

「ブライス看護師は今、昼食中だ。彼女が君に仕事の内容を教えてくれるよ。一カ月間ためしに働いてみて、もし辞めたければ三カ月の余裕をくれたまえ。ぼくはスタッフを替えるのが嫌いなのでね」

「一カ月後には、わたしに辞めてほしいとお思いになるかもしれませんわ」フローレンスは事務的な口調で言った。

「その可能性もあるが、その相談は月の終わりにしよう。君は仕事の条件に異議はないんだね？　警告しておくが、これは九時から五時までの勤務ではない。ぼくは君の私生活には興味はないが、絶対にそれが仕事を邪魔するようなことにならないように。ぼくはスタッフの誠実さを頼りにしているからね」

これだけの給料をもらって不誠実になれるはずがないと思いながら、フローレンスは率直に言った。「わたしは自由な身ですので、どこでどんな仕事をしても構いません。機会があるごとにうちへ帰りたいと思いますけど、ほかに興味はありません」

「結婚する予定はない？」

フローレンスは大きく目を見開いた。「ええ」

「そうか……驚いたな。ブライス看護師は来週いっぱいで辞めるから、君は日曜に引っ越しをすませて、月曜の朝から勤務を始めたらどうだろう？」

「それで結構ですわ。わたしが借りるはずの部屋を見せていただけますか？」

彼はいらいらして言った。「ああ、いいだろう。ブライス看護師が連れていってくれるよ。今夜は町で一泊するつもりかい？」

「いいえ、ウォータールーを五時に出る列車で帰ろうと思っています」

ドアをノックする音がして、彼が〝どうぞ〟と言うと、ブライス看護師がのぞき込んだ。

「あとはわたしが引き継ぎましょうか、先生？」彼女は明るく言うと中へ入ってきてフローレンスの手を握った。

「ああ、頼むよ。三時まで誰も来ないだろう？　そのときには戻ってほしい」彼はフローレンスに目を向けた。「さよなら、ミス・ネピア。また再来週の月曜日に」電話が鳴り、ミスター・フィッツギボンが受話器を取った。

ブライス看護師は静かにドアを閉めた。「彼はとてもいいボスよ。ぶっきらぼうなところがあるけど、気にしちゃだめ」

「しないことにするわ」フローレンスは答えた。「どこから始めましょうか？」

二階全部が診療所になっている。ミスター・フィッツギボンの部屋のほかに待合室、小さいけれど設備の整った更衣室に、診察室と検査室、そして洗面所と台所がある。

「先生は十時ごろコーヒーを召し上がるけど、患者さんが多いときは休憩なしよ。わたしたちは暇を見つけて休憩するの。最初の患者さんが来るのは九時半だけど、それまでに準備は全部できてなくてはならないのよ。先生は先に病院へ行って新しい患者さんを診てからここにいらっしゃることが多いの。そしてお昼ごろまた病院へ行かれるのよ。わたしたちはその間に昼食をすませ、部屋を片づけたりするわけ。先生は手術がなければ四時ごろここへ戻って、五時半まで診察をなさるの。あなたは手術室の仕事もできるんでしょう？コルバート病院には手術室看護師がいるんだけど、ほかの病院での手術の場合はあなたがおともするのよ」

「ほかの病院っていうのは、ロンドンの？」

「バーミンガムやエジンバラ、ブリストルのこともあるわ。わたしはブリュッセルや中東へ数回、ドイツへは二度行ったことがあるの」

「わたし、ドイツ語はできないわ」

ブライス看護師が笑った。「できなくてもいいのよ。話は先生が全部なさるから。あなたはコルバート病院にいたときと同じようにしていればいいの。ときどき週末も働くことになるけど、それは聞いてるでしょう？　でも埋め合わせはしてもらえるのよ」彼女はポケットから鍵《かぎ》を出して戸棚を開ける。「わたしはここの仕事にとても満足していたから辞めたくないんだけど、結婚したらフルタイムで働く余裕がないの。手術器具は全部ここにあるわ。先生は自分の器具がお好きだから、それを準備してこの鞄《かばん》に入れるのはあなたの役目よ」

ブライス看護師は時計に目をやった。「わたしの部屋に行く時間があるから、あなたが気に入るかどうか見ましょう。ミセス・トウィストに紹介するわ。彼女が朝食と六時半の夕食を作ってくれるの。洗濯機と電話は使えるけど、異性の友達は歓迎されなくて……」

「そんな人はいないのよ」

「あなたみたいなきれいな人には、五、六人はいそうなのに」

「ありがとう。わたしは理想が高すぎるらしいわ」

ミセス・トウィストは、ウィンポール街の裏にある細い道に面した小さな家に住んでいる。歩いて五分もかからない。非常に清潔で整然とした家で、小柄で骨張った白髪混じりの彼女と感じがよく似ている。ミセス・トウィストはフローレンスを抜けめのない目つきで見てから、二階にあるきれいな家具つきの部屋へ案内した。窓から道路が見下ろせる。

「ミス・ブライスは七時四十五分きっかりに階下《した》で朝食をなさるのよ。浴室は廊下の反対側ですからね。洗濯機を使ったら裏庭に干せるわ。それから夕食は六時半。留守にするときにはオーブンに入れておきますよ。わたしとミス・ブライスみたいに仲よくやっていけるといいけど」

「そうですね、ミセス・トウィスト。きれいなお部屋だこと。毎日夕食を作ってもらえると助かります。何か問題のあるときにはおっしゃってください」

「なんでも言うことにしますよ、ミス・ネピア。ミスター・フィッツギボンの話だと、あなたは分別のあるもの静かな娘さんだそうね。あの先生がおっしゃることなら間違いはないわ」

二人がミセス・トウィストに別れを告げてウィンポール街へ戻ると、ミセス・キーンがお湯をわかしているところだった。

お茶を飲みながらいろいろ話を聞いて、帰るころにはかなり様子がわかるようになっていた。病院勤めとは全然違うわ。フローレンスはそう思いながら駅へ向かった。この仕事が気に入りそうだ。下宿は思っていたよりずっといいし、毎週末うちへ帰れるのは何よりの特典だ。おなべと洗濯機がもう夢ではなくなり、月末には牧師館の台所に納まることを考えながら、彼女はシャーボーンで降りた。おまけに春ものの洋服を買うこともできるんだわ。

「ミスター・フィッツギボンは完璧《かんぺき》な雇主らしいな」今日の出来事を話すと父が言った。フローレンスも同感だった。でも、彼はどういう人なのかしら？　彼を好きになれるかどうか、まだわからない。

それからの二週間は、ばたばたと忙しかった。牧師館は広くて大掃除を終えるのにずいぶん時間がかかったし、毎日一時間ほど来てくれる人も探さなければならなかった。ミセス・バケットは働き者だし、母はほとんど全快していたが、アイロンかけ、買い物、料理などの雑用は誰かがしなければならない。最近老いた母親を亡くした、村に住むミス・ペインが、ささやかな給料でもいいから喜んで手伝いに来ると言ってくれた。

フローレンスは衣類と大切な本一、二冊と家族の写真を鞄につめた。それから、もしかしたら不要かとも思ったが、夜外出する場合のために長いスカートとブラウスを加えた。病院にいたころは、スタッフの人たちによく映画やレストランへ誘われたものだが、一年近く郷里へ戻っている間に連絡がとだえてしまった。でも構わなかった。フローレンスの心を奪うような青年は誰もいなかったから。二十五歳になるのにこの人こそと思う男性がいまだに現れないので、ときどき気になることはあるけれど。

日曜の夕方、いよいよ出発となると、フローレンスは去りがたくなった。弟たちは学校へ戻ったので学期半ばまで会えないが、父に代わって受け持っていた日曜学校のクラス、聖歌隊の練習、病気中の母の代わりにこなしたいろいろな細かい雑用などは彼女の好きなことだった。また、家族の愛猫のチャーリー・ブラウン、年取ったラブラドール犬のヒギンズには深い愛着を感じている。

「今週末には戻るわ」フローレンスは母に言った。「今夜電話するわね」列車が動き出し、プラットホームで手を振る老いた父の姿を見たとき、彼女はひどく心細くなった。

ミセス・トウィストの家に着くと、そんな心細さはある程度消えていった。フローレンスが使う部屋にはお茶のトレイが用意してあった。

「今日は日曜だから夕食は八時ですよ」ミセス・トウィストが言う。「今夜だけ階下の電話を使ってもいいわ。ミス・ブライスは道の向こう側にある公衆電話を使っていたけれど」

フローレンスは荷物を解き、写真やこまごましたものを並べ、母に電話をかけて安心させてから夕食をとりに階下へ下りていった。

「ミス・ブライスは週末はほとんど留守だったけど、ときどき仕事があったので一緒に食事をしたのよ」ミセス・トウィストが言った。

フローレンスは台所で一緒に夕食をしながら、彼女が隣人や物価や腰痛の話をするのに耳を傾けた。

「ミス・ブライスから私の腰痛のことを聞いたミスター・フィッツギボンが、親切に紹介状を書いてくださったの。とてもいい人だから、彼のもとで働くのは楽しいに違いないわ」

「ええ、そうでしょうね」まったく確信はなかったけれど、フローレンスはそう答えた。

翌朝は充分早い時間に診療所に着いた。口数の少ない年配の男がドアを開け、フローレンスが名を告げるとミスター・フィッツギボンの部屋のドアの鍵も開けてくれた。中は掃除ずみでみずみずしい花も生けてある。ミスター・フィッツギボンには妖精《ようせい》がついていて、彼女が魔法の杖《つえ》を振ると真夜中に掃除婦を呼び寄せてくれるらしい。更衣室へ行くと、白い制服とフリルつきのキャラコのキャップが置いてあった。モダンな制服が嫌いらしい彼に共感しながら着替えてから、フローレンスは辺りの戸棚や引き出しを調べた。ミスター・フィッツギボンはでたらめなことにがまんできるような人ではなさそうだから、どこに何があるかを知っておく必要があるわ。

ミセス・キーンが出勤してきた。彼女はお湯をわかすようにフローレンスに頼んでから、今日来る予定の患者のカルテをそろえ始めた。「お茶にしましょう。今朝はコーヒーの時間は取れないかもしれないから。レディー・トランプが見えるのでね。ほかの人の二倍の時間をあげても、いつもすべてが遅れてしまうの。電話だわ、出てちょうだいな」

ミスター・フィッツギボンの落ち着いた声がフローレンスの耳に入ってきた。「ぼくは十五分ほど遅れるよ。ネピア看護師は来たかね？」

「はい」フローレンスは少し辛辣《しんらつ》な口調で答えた。「八時きっかりに」

「約束の時間にだね？　時間を守れない人間にはあまり感心できない」

「それなら、出勤時間を記録する機械を設置なさったらいかがでしょう？」

「生意気な人間にも感心できないね」彼はそう言うと電話を切った。

ミセス・キーンはお茶をいれ、小さな台所でフローレンスの向かい側に腰を下ろした。

「今朝いらっしゃる患者さんについて話してあげるわ。ミスター・ウィロビーは癌《がん》で、行きつけのお医者の紹介で初めて見えるの。隠居して中部地方のどこかに住んでいる人よ。あとの三人は再検査。最初はレディー・トランプよ。服の脱ぎ着なんかにとても時間がかかるから、三十分は見なきゃだめだわ。それから二カ月前に肺葉切除をしたミス・パウエル、そして最後は囊胞性線維症にかかったスージー・キャッスル。七歳の子供よ。かわいい子なのに、望みはあまりなさそうだわ」彼女は時計を見た。「あと二分ほどで先生が見えるわよ」

彼女が言ったとおり、ミスター・フィッツギボンが静かに入ってきて、朝の挨拶をすると診察室へ向かった。

「ミスター・ウィロビーを案内してちょうだい」ミセス・キーンが言う。「ドアの右側に立つのよ。ミスター・フィッツギボンは、患者さんを検査室に入れてほしいときはうなずいてくださるわ。患者さんが男性の場合は、残ってくれと言われないかぎり、あなたは診察室へ戻ってね」

フローレンスが待合室へ入っていくと、ちょうどミスター・ウィロビーが現れた。小柄のおとなしい男性で、あきらめたような表情をしている。しかし、ミスター・フィッツギボンは冷静な確固とした態度で、望みのない状態ではないことを説明した。

「かなりありふれた手術で、今後普通に生活できるようになりますよ。検査室で調べてみましょう。あなたの主治医もぼくと同意見です。やってみるべきだと思いますがね」

希望を持ち始めたその患者を、フローレンスは連れ出した。用意ができたことをミスター・フィッツギボンに知らせ、目立たないように診察室へ退く。

やがて戻ったミスター・フィッツギボンが言った。「ミスター・ウィロビーを、ミセス・キーンのところへ連れていってあげてくれ」来たときより明るくなった患者を、フローレンスは案内した。

レディー・トランプの場合はそうはいかなかった。「あなたは新顔ね」彼女は古風な金縁の眼鏡越しにフローレンスを見た。

「ブライス看護師は結婚するんです」

「あなたがまだ結婚していないとは意外ね」

診察室へ案内された彼女は、ミスター・フィッツギボンと握手して言った。「この娘さんも長続きはしませんよ。きれいすぎますもの」

彼は冷ややかな目つきでちらっとフローレンスを見ると、興味なさそうに答えた。「そうですな。さて、レディー・トランプ、この前お会いしてから具合はいかがです？」

ミセス・キーンが言ったとおり、老婦人はほかの人の二倍も時間を取った。診察を受けることはわかっているはずなのに、複雑な留め金や小さなボタンがついたドレスと、何枚もの下着を身につけている。フローレンスは彼女をやっとミセス・キーンのところへ連れ戻して、ほっと安堵《あんど》の吐息をついた。

「コーヒーはいかがですか、先生？」彼が〝イエス〟と言えばわたしも飲めるわと思い、フローレンスは尋ねた。「ミス・パウエルはまだですから」

「もらおう」彼は整った顔をカルテから上げずに言う。「君も飲むといい」

ミス・パウエルは、小柄でやせた女性だった。ミスター・フィッツギボンは優しく親切に彼女を診察したが、その様子を見てフローレンスは驚いた。やがて彼女は、元気で暮らしていけると保証してもらって帰っていった。それからフローレンスは、幼いスージー・キャッスルと彼女の母を招き入れた。

スージーは年齢のわりに小さく、おとなびたあきらめの表情を浮かべている。フローレンスには、それが哀れに見えた。しかし健康な子供と同じように元気があって、ミスター・フィッツギボンとは仲よしらしい。彼はスージーを優しくからかっている。スージーが彼のペンを取り上げてデスクの上のノートに絵をかき始めても、止めようともしなかった。

「二、三日病院へ行くことをどう思う、スージー？　ぼくが毎日会いに行くよ。一緒にチェッカーやドミノをして遊べるかもしれない」

「どうして？」

「そのほうが治療をしてあげやすいから。レントゲン科へ行って……」

「一緒に行ってくれる？　いつも薄暗いんだもん」

「行くよ。デートということにしようか？」

スージーはくすくす笑った。「いいわ」そしてすぐそばにいたフローレンスの顔をじっと見つめる。「あなたはきれいいね。チャーミングな王子様には、まだ会ってないの？」

「まだなの。でもそのうち会うつもりよ」フローレンスは彼女の小さな手を握りしめた。

「わたしの花嫁つき添い人になってくれる？」

「ええ、もちろん。誰と結婚したいの？　フィッツギボン先生と？」

スージーの母親が小声で謝ったが、フローレンスは笑った。「あら、気になさらないで。さあ、お洋服を着ておうちへ帰りましょうね」

午後の患者が帰ったあと、検査室を片づけながら翌日の準備をしていると、帰る途中のミスター・フィッツギボンがフローレンスの横へ来て足を止めた。

「仕事に満足しているかい、ミス・ネピア？」

「はい、ありがとうございます、先生。いろいろな人に会うのが好きなので……」

「チャーミングな王子様に早く会えるといいね」彼は穏やかに言うと、静かにドアを閉めて出ていった。

わたしが去る日を、もう今から楽しみにしているのかしら？

2

毎日が目まぐるしく過ぎていった。ミスター・フィッツギボンは、自分自身にもフローレンスにも余暇というものを与えなかった。その週が終わるころには、フローレンスは日課に、ただし非常に変化のある日課になじむようになっていた。日中来られない患者のために、夜診療所へ戻ることが二度あった。また、ある午後などは突然大きな私立病院へ連れていかれ、生体組織の一部切除の補佐をした。そのときはそこの手術室でなんとか間に合わせたが、大手術の場合、患者はコルバート病院かもっと設備の整った私立病院へ運ぶのだそうだ。

二人の仕事ぶりはすっかり息が合うようになっていたが、フローレンスは彼についてはいまだに何も知らなかった。そして彼のほうはフローレンスのことを知ろうとする様子は全然なく、まるでそっけなかった。ミセス・トウィストの家は快適か、その範囲の仕事ならこなせると思うか、ときいただけだ。あとの質問には腹が立ったけれど。また、フローレンスは週末に帰郷してもいいと言われたが、金曜の夜、最後の患者が六時まで帰らなかったので列車に乗り遅れた。それよりあとのに乗れば、シャーボーン到着はかなり遅くなる。そんな時間まで父を起こしておいて、迎えに来てもらうわけにはいかない。

ミスター・フィッツギボンにさよならを言うと、彼が尋ねた。「うちへ帰るんだね、ミス・ネピア?」

フローレンスはやや辛辣《しんらつ》な口調で、翌朝の早い列車に乗ると答えた。彼は考え深げにフローレンスを見ただけで何も言わなかった。しかし、フローレンスがドアから出ていこうとすると彼は口を開いた。

「日曜の夜には確かに戻ってくれるね? 月曜の朝の九時過ぎには、準備が整っていないと困るから」

帰郷できて嬉《うれ》しかった。フローレンスは台所でコーヒーを飲みながら一週間の報告をした。母はテーブルについてにんじんの皮をむき、ミセス・バケットはひと言も聞き逃すまいと辺りをうろうろしている。

「ミスター・フィッツギボンのところでのお仕事はどう?」母がきいた。

「患者さんの数がとても多いの。コルバート病院に入院中の人もいるし、診察を依頼に来る人がいくらでもいるようよ」

「彼は結婚してらっしゃるの?」ミセス・ネピアが率直に尋ねる。

「知らないわ、お母さん。彼のことは全然わからないの。質問がしやすいような相手じゃないし」

「そうだわね、ダーリン……受付係か誰かから、何か聞いたかしらと思っただけ……」

「仕事に関係したことでないかぎり、誰も彼の話をしないのよ。何も聞いていないか、秘密厳守を誓わされているかだと思うわ」

「面白いわね」母が言った。

週末はまたたく間に過ぎていった。フローレンスは庭を掘り返し、ヒギンズと散歩をし、日曜日に聖歌隊で歌い、翌週の教会員のお茶の会のためにケーキを焼き、友達を訪ねた。あっという間に日曜の夕方になり、フローレンスはしぶしぶ列車に乗った。けれども、ミセス・トウィストの家で用意してあった夕食を食べるころには、先が楽しみになってきた。退屈な仕事ではないし、毎日が違うから変化があって面白い。

月曜日は特別な予定はなかった。しかし朝出勤すると、ミスター・フィッツギボンがデスクについていたのでフローレンスは驚いた。

「ゆうべはあまりおやすみにならなかったんですね？」無精ひげの生えた疲れた顔に、くたびれたズボンとセーター姿の彼を見て言う。「コーヒーをいれてきます」

フローレンスは静かにドアを閉めて部屋を出ると、お湯をわかした。インスタントコーヒーにたっぷりのミルクと砂糖を入れ、ビスケットを添えて診察室に運ぶ。「さあ、これを召し上がれ。最初の患者さんは九時半まで見えませんから、お宅へ帰って着替えをしていらっしゃるといいわ。検診に見えるのは、ウィザリントン・ピュウなんていう名前のかただから、どうせ遅刻なさるに決まってます……」

ミスター・フィッツギボンは大声で笑った。「名前とどういう関係があるのか知らないが、確かに彼女はいつも遅れてくるよ」

「それならこれを飲んでお宅へお帰りください。仮眠のお時間もあるかもしれませんわ」

ミスター・フィッツギボンはおとなしくコーヒーを飲んだ。コーヒーを飲んでうちへ帰れと誰かに命令されたのは久しぶりだった。子供のとき以来かもしれない。乳母の前で熱いミルクを飲んだ記憶が、突然鮮やかに彼の頭に浮かんできた。彼は言われたとおりにしている自分に驚いた。そして、フローレンスがカルテを取りに行っている間に姿を消した。

九時半に戻った彼は、濃いグレーのスーツに地味なネクタイを優雅に身につけていた。ほとんど一睡もしなかった人のようには見えない。十歳ほど若返ったその姿をそれとなく見ながら、フローレンスは、彼は幾つぐらいかしらと考えた。

ミセス・ウィザリントン・ピュウは、数年前ヘルニアのために開胸手術を受けて以来、一年に一度検診に来ている。やせこけた体をふわふわした服に包んでいて、それを脱ぎ着するのにとても時間がかかった。彼女は自己憐憫《れんびん》に取りつかれて延々としゃべり続け、つけまつげをしばたきながらミスター・フィッツギボンを見る。しかし彼は平然として、健康状態はいいが、もっと運動をしてたっぷり食事をとり、何か趣味を持つべきだと助言した。

「でも、食べ物はほんのひと口かふた口しかいただけないんです。一日に三度の食事を必要とするようなたくましい娘さんとは違います」彼女はフローレンスの女性らしい肢体に目をやった。「もちろん体格のいい人の場合には……」

フローレンスは目鼻立ちの整った顔の表情ひとつ変えずに、ミスター・フィッツギボンと目を合わさないようにしていた。

「それにしてもまともな食事はするべきですよ」彼が言う。「若いときにはスリムな体が、中年になるとやせ衰えますからね」

「あら、そんなことを心配しなきゃならないのは、まだ何年も先のことだわ」彼女は答えた。

ミスター・フィッツギボンは無言でほほ笑み、彼女と握手をした。

あと片づけをするフローレンスを見ていた彼が言った。「サー・パーシバル・ワッツに入ってもらったら君は十分間暇になるから、コーヒーを飲んでくるといい。ぼくは、ミスター・シンプソンを診る前にコーヒーにする。彼の検査の結果が出たんだが、手術が必要になったよ」フローレンスが出ていく間、彼はデスクから顔を上げなかった。

フローレンスが戻ったときには、サー・パーシバルが出ていくところだった。ミスター・シンプソンを中へ案内すると、ミスター・フィッツギボンがうなずいて合図をしたので、彼が患者と話をする間検査室へ入っててきぱきと用意をした。二人の話し声が聞こえなくなったので振り返ると、ミスター・フィッツギボンが戸口に立ってフローレンスを見ていた。

「もし用があったらぼくはコルバート病院にいるよ。二時ごろ戻る。今夜君は時間どおりに帰れそうだ。夜暇なとき、君は外出するんだろうね？」

「いいえ、どこにも行くところがないので出かけません。コルバート時代の友達は皆、辞めたか結婚したかだし、夕食がすむともう遅いですから」

「勤務時間が不規則だということは言っておいたはずだ。明日の午後は休むといい。ぼくはコルバート病院で手術だが、向こうの看護師が補佐してくれる。君は夕方六時にここへ戻ってくれ。新しい患者が来ることになっているから」

彼が去ったあとフローレンスはつぶやいた。「〝すまないが〟とは一度も言ってもらえなかったわ」

その日の午後、彼は必要なこと以外は何も言わず、無愛想に挨拶《あいさつ》をして帰っていった。お疲れなんだわ。フローレンスは駐車場へ歩いていく彼を窓越しに見ながら思った。奥さんがおいしい夕食を用意して待ってくれているといいけど……。

そこへミセス・キーンの声が聞こえてきた。「帰る用意はできたの、フローレンス？今日は楽な一日だったわね。明日の夜にはひとつ予約が入っているわ」

「ええ、午後はお休みをもらえたけど、六時に戻らなきゃならないの」

「演劇界の有名人が見えるのよ。もちろんご主人の名字を使っているけどね」ミセス・キーンは戸じまりをしたかどうか調べ回っている。「彼女、とても神経質なの」

フローレンスは急いで制服を脱いで、スカートとセーターに着替えた。たばこを吸いすぎてたちの悪いせきをしている、あまり若くはないが美しい女優を頭に思い浮かべながら。

翌日、最後の患者が正午ごろ帰り、フローレンスがあと片づけをしていると、ミスター・フィッツギボンが言った。「六時に戻ることを忘れないように」

フローレンスは喜んで約束した。自由になった六時間をどうやって過ごすか、もう決めてある。外で昼食をし、ブロンプトン通り沿いの商店をながめ、ハロッズをのぞき、公園を散歩する。お茶を飲んでから戻っても充分間に合うわ。

それを全部すませてすっかり爽快《そうかい》な気分になり、まだ十分あるのに診療所へ入っていくと、ミスター・フィッツギボンが先に来ていた。彼はいつもどおりに冷ややかな挨拶をしてからつけ加えた。「患者に常時ついているように、ミス・ネピア」そしてまた書きものに戻った。

フローレンスは、ミセス・キーンの代わりに受付で待っていた。呼び鈴が鳴り、ドアを開ける。彼女は芸能界に詳しいほうではないが、入ってきた女性が誰なのかすぐにわかった。もう若くはないけれど、依然として目立つ存在だ。上手に化粧をし、優雅な身なりで、かすかに香水を漂わせている。「待たされずにすむといいけれど」彼女はフローレンスの横を通り抜けて鋭く言った。「わたしが来たとミスター・フィッツギボンに伝えてちょうだい」

フローレンスは診察室のドアをノックして中に入った。「患者さんが見えました、先生」

「よし、こちらへご案内して、君も残ってくれ」

それからの三十分間は大変な時間だった。肺癌《はいがん》らしいと言われて喜ぶ人はいないが、たいていの人は、少なくとも見せかけだけでも気持をしっかり持ってその宣告を受け入れる。ミスター・フィッツギボンは診察に充分時間をかけ、できるだけ親切な口調で説明をした。けれども彼は罵声《ばせい》を浴びせられ、涙の洪水に襲われ、自殺するとまで脅された。

フローレンスはお茶やティッシュや慰めの言葉を用意するのに忙しかった。涙声で、ファンのことや滅びゆく体と芸能生活、そして損なわれる容貌《ようぼう》について延々と述べ立てられると身の縮まる思いがする。

彼女がやっとひと息つくと、ミスター・フィッツギボンが丁寧な口調で言った。「このことをファンに知らせる必要はないと思いますよ。それに、これだけ有名なのだから、二、三カ月舞台に立たれなくても大丈夫です。心配することはない。それから、あなたの美貌には手をつけないのだから、くよくよするほうが十数回手術をするよりずっと体に悪いですよ」

彼女は、またどっと涙を流してヒステリーぎみになったが、フローレンスがなんとかなだめた。ミスター・フィッツギボンは彼女が静かになるのを待って言った。

「できるだけ早く希望の病院を選んでください。ぼくが手術します。三週間以内に」

「必ずわたしを治してくださるの?」

「できるかぎりのことはしますよ」

「不自由な体になったりしません?」

ミスター・フィッツギボンは驚いたような顔をして言った。「ぼくは患者の体をそんなふうにしたりしない。この手術はたびたび行われていて、非常にいい結果を生んでいますよ」

「わたしには最も行き届いた手当てと看護が必要なんです。とても繊細なたちなので……」

「ロンドンのどの私立病院でも、それは保証します。決心がつきしだい知らせてください。必要な手続きをしますからね」

彼は立ち上がって丁重に別れの挨拶をし、フローレンスが患者を外へ送り出した。

戻ってきたフローレンスの顔を見て彼は言った。「これはきつい仕事だとぼくは言ったはずだ。コルバート病院では、あれと同じ病状の患者を一週間に十人以上診ることがあるが、めそめそする人などひとりもいないよ」

フローレンスは偏見を持ってはいけないと思いながら言った。「でもあのかたは有名人だから……」

「家庭では母親だって有名人だ。皆あやふやな将来に直面しているんだよ。老いた両親を養っている中年の婦人や、女手ひとつで子供を育てている人たちだってそうだろう？」

「あら、先生がそんなかただとは知りませんでした……」

「そんなとは？」

「思いやりがあるという意味です。お医者様に思いやりが必要なことはわかってますけど、でも先生は……」適当な言葉が見つからなくて、フローレンスは赤くなった。「すみません、変なことを言ってしまって。わたしは考えもなく口をきくくせがあるのでいつも父に……」

「気にすることはない。君が人を傷つけるようなことを言うはずがないからね」彼は何気なく言った。

フローレンスは何か言い返そうとしたが、考え直してやめた。それからぎごちなく尋ねた。「もうほかに患者さんが見えないのなら、あと片づけをしてもよろしいですか、先生？」

彼は、その言葉が耳に入らなかったかのようにきいた。「君は月末になったら辞めるつもりかい？」

「辞める？　ここをですか？　いいえ……」フローレンスははっと息をつめた。「辞めてほしいとおっしゃるんですか？　わたしがお気に召さないんですね？　誰もが仲よくやっていけるわけじゃありませんからね。お互いに気が合わないとか……」

彼は愉快そうに目をきらめかせた。「君に辞めてほしいなんて思ってはいないよ、ミス・ネピア。君は機敏で分別があるし、患者たちにも好かれているようだ。それに、スケジュールに不満があっても口に出さない。お互いに努力して一緒にやっていくべきだな。そうじゃないか？」彼は立ち上がった。「さあ、用事を片づけてくるんだ。それからどこかへ食事に行こう」

フローレンスは驚いて彼を見た。「先生とわたしがですか？　でもミセス・トウィストが夕食をオーブンに入れて温めていてくれて……」

彼は電話のほうへ手を伸ばした。「それなら、料理が台無しになる前にオーブンから出すよう、ぼくが言っておくよ」大きな手をフローレンスに向かって振る。「ぼくは書き上げてしまわなくてはならないものがあるから、用意ができたら十五分以内に戻ってきてくれ」

議論してもむだだと思い、フローレンスは急いで検査室を片づけに行った。十五分では時間が足りないから、今朝使った器具は明朝早く来て始末するより仕方がない。きびきびと動いたので部屋は再び整然となった。待合室にはほとんど手がかからなかった。それから洗面所へ行って電光石火の速さで化粧と髪を直し、ジャージーのドレスと対のジャケットを身につけ、ローヒールのパンプスをはいてハンドバッグをつかみ、診察室へ戻った。

ミスター・フィッツギボンは窓際に立って、下の道路を見下ろしていた。フローレンスを肩越しに見て尋ねる。「ロンドンで暮らすのは好きかい？」

「わたしはロンドンで暮らしているとはいえません。ここで働いているだけで、暇があるとうちへ帰りますから、ここで暮らすのがどんなことなのかわからないんです。コルバート病院にいたときはよく来たけれど、自分の街のような気がしませんでした」

「田舎のほうが好き？」

「ええ。でもこんな環境に住めたら……」フローレンスは外の道路に目を向けて言った。「ロンドンもすてきかもしれないわ」

彼はフローレンスのためにドアを開け、それからドアを閉めると鍵《かぎ》をかけた。

「先生はロンドンにお住まいなんですか？」フローレンスがきく。

「うむ……ほとんどそうだな」彼の声に冷ややかな響きが感じられたので、フローレンスはそれ以上きかないことにした。あとについていくと、ミスター・フィッツギボンは無言で車の中へ招き入れた。

ロールスロイスに乗ったのは初めてだった。フローレンスはその大きさに感心し、車もミスター・フィッツギボンも大きくて堂々としていると思った。「先生にぴったりの車ですね」

彼は静かな街路を運転しながらきいた。「どうして?」

「サイズがちょうどいいし、威厳があるからです」

彼はかすかにほほ笑んだ。「君のぼくに関する意見が前よりましになってきたのはありがたいな」

適当な返事を思いつかず、フローレンスは代わりに尋ねた。「どこへ行くんですか?」

「ここから三十分ほどのところにあるウーバーン・コモンだ。チェッカーズ・インにテーブルを予約しておいたよ」

「あら、郊外にあるんですか?」

「田舎が好きな君のために、それぐらいのことをするのは当然だと思ったからね」

「気を遣ってくださってありがとう。ウィンポール街の近辺の横道にも、小さなレストランは幾つもあったのに……」

「覚えておくよ。それで思い出したが、ミセス・トウィストが、君が入るときに猫が外へ出ないように注意してくれと言っていた」

「彼女はバスターをとても大事にしていて……本当に見事なとら猫なんです。わたしのうちにいるチャーリー・ブラウンには劣りますけど。猫はお好きですか?」

「ああ、うちにも一匹いるよ。ぼくの犬と仲よくしている」

「わたしのうちにはラブラドールが。ヒギンズという老犬ですけど」フローレンスは口を閉じた。ミスター・フィッツギボンは、次の質問を辛抱強く待っている。何をきかれるかわかっているようだ。「先生は結婚なさっているんですか?」

「いや……なぜそんな質問をするんだね?」

「もし結婚なさっているのなら、奥様なしでこんなふうに出かけるべきじゃないと思って……。ばかげたことを言うと思われるかもしれませんけど」

「いや。しかしぼくは、うちに妻を待たせておいて女の子と出かけるような男に見えるかい?」

フローレンスは、平然とした彼の横顔をちらっと横目で見た。「いいえ」

「まだぼくを好きになれるかどうかわからない気持の人にそう言われたら、ほめられたも同然だ」

フローレンスは二、三分黙っていたが、小さな声ではっきりと言った。「もしわたしがお気に障るようなことを言ったのなら、ごめんなさい」

「君はぼくに対してかなり手厳しいが、ぼくは簡単にいら立つような人間じゃないよ。さあ、ここだ。君が空腹だといいが」

チェッカーズ・インはとても感じのいいところだった。フローレンスは一瞬足を止めて、田舎の空気を深々と吸い込んだ。ドーセットほどよくはないが、ウィンポール街よりはずっとましだ。レストランも雰囲気がよく、窓際にテーブルが取ってあった。気さくなウェイターが、ポートワインと胡椒《こしょう》の実を合わせたソースをかけた鴨《かも》料理をもの静かな声で薦めてくれた。おいしそうだったのでフローレンスはそれを頼んだ。そしてミスター・フィッツギボンが、オードブルにきゅうり添えのロブスタームースを提案したのにも喜んで同意した。

ワインには詳しくないので、彼が注《つ》いでくれたものを飲んだ。牧師館の食卓にときたまのるワインに比べると、かなり味がいい。フローレンスは率直にそう言ったが、彼女のそういう態度にミスター・フィッツギボンが好感を抱き始めているようなので、つけ加えて言った。「ワインにはずいぶんいろいろ種類があるから、趣味のある人にとっては選びがいがありますね」

彼はまじめな顔でうなずいた。

ムースと鴨をおいしく食べ終えて、フローレンスは、デザートはフルーツのタルトとクリームに決めた。彼女はコーヒーを注ぎながら、牧師の娘としての経験を生かして会話を弾ませた。思いがけなく楽しい気分になったミスター・フィッツギボンは、しきりに彼女の話を促した。

フローレンスは時計に目をやり叫んだ。「まあ、もうこんな時間だわ！」申し訳なさそうな口調でつけ加える。「今夜、ほかに何もご予定がなかったのならいいんですが。間もなく十時です。でも、話し相手があって楽しかったです」

「一日の仕事が終わったら、リラックスするべきだ」ミスター・フィッツギボンはよどみなく言った。

彼がミセス・トウィストの家の前に車をとめたときには、近くの教会の鐘が十一時を告げていた。フローレンスは、シートベルトを外しながら礼の言葉を述べた。彼女が車を降りようとするとミスター・フィッツギボンは手を貸し、それから受け取った鍵で錠を外した。

「ミス・ネピアと言うのは堅苦しいから、君をフローレンスと呼びたいんだが」彼はごく穏やかな声で言った。

「ええ、もちろん構いません」フローレンスは彼の優しい声を聞いて嬉しくなり、明るく笑って彼の名をきこうとした。だが、彼の冷ややかなまなざしが目に入ったので代わりにせき払いをし、再び礼を言ってから鍵を返してもらった。

「バスターに気をつけて」彼はドアを開けるとフローレンスに言って、彼女が中に入ったあときちんと閉めた。

ミスター・フィッツギボンのよそよそしい態度は、いっこうに変わらなかった。彼が〝フローレンス〟と呼ぼうと〝ミス・ネピア〟と呼ぼうと、結局同じことなのだ。こんなことでがっかりするなんてばかげてるわ。フローレンスはいつも彼を〝先生〟と呼ぶように努めた。一方、ミスター・フィッツギボンはそれを内心おかしく思っていた。

再び週末が近づいてきた。何も邪魔が入らなかったのでフローレンスは夕方の列車に乗ることができた。もう五月の半ばだ。父がたそがれの牧師館の前で車をとめると、フローレンスは半分開いたままになっている家のドアから中へ入っていった。広間を抜けて台所へ行く。母はオーブンから何か取り出しているところだった。

「マカロニとチーズね！」フローレンスは鼻をぴくぴくさせながら嬉しそうに叫んだ。

「ただいま、お母さん」母を抱きしめる。「働きすぎじゃないでしょうね？　ミス・ペインは役に立っているの？」

「ええ、とても。それに気分は上々よ。あなたのほうはどうなの？」

「うまくいってるわ。仕事はとてもやりがいがあるし、ミセス・トウィストはすごく親切よ」

「ミスター・フィッツギボンは？」

「彼はとても忙しい人なのよ、お母さん。大勢の患者さんを扱って、幾つもの病院へ行って……」

「彼を好きになれて？」ミセス・ネピアがぶっきらぼうにきく。

「彼はとても思いやりのある雇主なの」フローレンスはさり気なく言った。「父さんはガレージのほうへ行ったわ。呼んできましょうか？」

「ええ、頼むわね」なぜ質問に答えなかったのかしらと思いながら、ミセス・ネピアはフローレンスを見送った。

あっという間にまた日曜の夜になり、フローレンスはシャーボーンで列車に乗り込んだ。だがそのとき、これからの一週間を楽しみにしている自分を意外に思った。別れ際に彼女は窓から顔を出して父にもその気持を話し、それからつけ加えた。「とても面白いのよ、お父さん。いろんな人に会えるから」

彼はその言葉を妻に伝えた。

「まあ、よかったこと」ミセス・ネピアは言った。来週末にはフローレンスがミスター・フィッツギボンのことをもう少し詳しく話してくれるかもしれない。ミセス・ネピアは彼に関する何かを、母親独特の勘で感じ取っていた。

フローレンスは、いやでもミスター・フィッツギボンのことを考えずにはいられなくなっていた。すばらしい食事をごちそうしてくれたのに、彼に好意を感じているかどうか、わからないからかもしれない。明るい五月の朝の日ざしを浴びながら、フローレンスは診療所へ歩いていった。ミセス・キーンはまだ来ていない。検査室の準備を整え、窓を開け、コーヒーの用意をしてから予定表を見に行った。

最初の患者は九時に来ることになっている。初めての患者だから時間がかかりそうだ。その次には以前からの患者が二人。定期的な検査を受けるだけなので長引くことはないだろう。そのあとの予定を見てフローレンスは眉をひそめた。ミセス・キーンの筆跡で、住所が――一般に公開されている有名な大邸宅の住所だけが書かれている。ミセス・キーンが来ると、フローレンスはそれについて尋ねた。

「ええ、その患者さんはここへ来られないので、ミスター・フィッツギボンが往診なさるのよ。先生はそこから真っすぐコルバート病院へ行って、午後はずっとそちらで過ごされると思うわ。月曜の夜は、手術の結果を見に戻られることが多いの。午後は四時半にレディー・ヘンプドンが見えるだけよ」ミセス・キーンは、上着を脱ぐときちんと結い上げた髪をなでつけた。「お茶を飲む時間はあるわね」

最初の患者が時間どおりに現れた。あいにくミスター・フィッツギボンはまだ姿を見せていない。ミセス・キーンが彼女に朝の挨拶をし、天気の話をしていると電話が鳴った。フローレンスは診察室に入って受話器を取った。

「ミセス・ピークは来ているかね?」彼には、細かい礼儀作法などに構っている時間はないらしい。

「はい、先生。今着かれたところです」

「十分後に行くよ。いつもどおりにやっていてくれないか? あわてないで時間をかけてね」ミスター・フィッツギボンは、フローレンスが〝はい、先生〟と言っている間に電話を切った。

ミセス・ピークはやせていて、びくびくしていた。フローレンスは彼女を検査室へ導き入れてから〝新しい患者の場合は診察の前に体重や血圧を調べることになっている〟と優しい声で説明した。検査が終わると十分以上たっていた。診察室の上にある小さな赤い電灯がともっているのを見て、フローレンスはほっとした。「こちらへどうぞ、ミセス・ピーク。ミスター・フィッツギボンに必要とされるデータは全部そろえましたから」

二人が入っていくと、ミスター・フィッツギボンが椅子から腰を上げた。三十分以上前からそこにいたような印象を与える。「こんにちは、ミセス・ピーク」彼は明るく声をかけ、フローレンスからメモを受け取って丁重に言う。「ありがとう。すまないが残ってくれたまえ」

ミスター・フィッツギボンには、フローレンスが全然知らない幾つかの面があるようだ。明るい態度で患者を同情的に扱いながら、病気の徴候をひと言ずつ聞き出している。そして聞き終わると、どんな処置をとるべきかを簡潔に説明した。

「簡単なことなんです。あなたの主治医から送られてきたレントゲン写真を見ましたが、肺のごく小さな部分を除去すればあなたは健康を取り戻し、生まれ変わったように元気になりますよ」彼は、病院とか都合のいい日取りなどについて話を続けながら患者をドアのところまで送っていき、ほほ笑みながら握手をした。

ミセス・ピークは本当ににこやかな表情で部屋を出て、ドアの前でフローレンスの手を握って言った。「ご親切な先生ね。心から信頼できるわ」

次の患者が来る前に、ミスター・フィッツギボンにコーヒーを運ぶ時間があった。フローレンスは彼に好感を持ち始めていたのに、それが時間の浪費であることがすぐわかった。ミスター・フィッツギボンは目も上げずに言った。「ありがとう。ミスター・クランウェルが見えたら入ってもらってくれ。君は同席しなくていいよ」

三人めの患者のときも用がなかったので、フローレンスは誰もいない検査室を静かに片づけた。ミスター・フィッツギボンがあの高慢な態度でいるのなら、この患者のあとで帰ってもらえたら助かるわ。

年老いた患者を送り出すと、フローレンスはミスター・フィッツギボンに大声で呼ばれた。彼女は急いで診察室へ駆け戻った。

「一緒に来てほしい。五分で支度をするんだ。ぼくは車の中で待っているからね」

フローレンスは更衣室へ飛び込んだ。化粧を直し、キャップの角度を整え、気をもみながら制服が清潔かどうか調べた。何かしでかしたかしら？　患者さんに迷惑をかけたとか、用事をし忘れたとか？　それとも、あの夜ガールフレンドと出かけることができなくなってふられたとか……。けんかになったのかもしれないわ。あれこれ推測していると、ミセス・キーンがドアのところからのぞいて言った。

「先生は車の中よ……」

彼女が車のそばへ行くと、ミスター・フィッツギボンは手を伸ばしてドアを開けてくれた。フローレンスは無言で乗り込み、彼のほうへは目をやらず、車が動き出しても真正面を見つめたままだった。

彼は混雑した道をあわてずに車を走らせている。「君が何を考えているかわかるよ、フローレンス」

いよいよ〝フローレンス〟と呼ばれることになったらしいわ。「それなら、行き先はどこですかと尋ねる必要はありませんね、先生」

ミスター・フィッツギボンはかすかに唇をゆがめる。「そうだな。君はその住所を見てきたに違いないから。行ったことはあるのかい？」

「弟たちと行きました」

「あそこに管理人の住まいがあるんだよ。奥さんがぼくの患者でね。最近退院したばかりなんだ。運悪く食事中にガラスの破片をのみ込み、それが食道を貫通したんだ。だから、開胸手術が必要になったんだが、目下、回復しつつある。これが最後の往診だ。あとは定期的に検診に来てもらうことになる」

フローレンスは事務的に言った。「ほかに何かわたしが知っておくべきことがありますか？」

「いや、彼女が神経質な婦人だということだけだ。だから君に来てもらわなくてはならないんだよ」

わたしと一緒にいると楽しいからじゃないことぐらいわかってます。フローレンスはそう言いたいのをがまんした。それっきり二人は、目的地に到着するまで口をきかなかった。ミスター・フィッツギボンのあとについて家の側面の入口を通り個人の住まいに続く優雅な階段を上がりながら、フローレンスは考えた。弟たちに手紙を書くときにこのことを知らせよう。年を取った猫背の男性にドアを開けてもらって中へ入ってからは、彼女は辺りを見回すのをやめて患者に注意を集中させた。

優しそうな小柄な女性が夫の横に座っている。フローレンスがその女性を寝室へ連れていくと、ミスター・フィッツギボンは落ち着いて彼女を診察し、健康状態は上々だと告げた。フローレンスが彼女と居間へ戻ったとき、ミスター・フィッツギボンは管理人と大きな窓の前に立って景色の話をしていた。

「飲み物はいかがですか?」管理人が尋ねる。フローレンスは、ミスター・フィッツギボンが〝イエス〟と言ってくれるといいのにと思った。この上品な老人から、この家に関する話をもっと詳しく聞きたい……。

しかし、ミスター・フィッツギボンは丁寧に断った。「ぼくはコルバート病院へ、そして看護師はできるだけ早く診療所へ戻らなくてはならないんです」

別れの挨拶をして車に戻ると、彼はドアを開けながら言った。「だいぶ遅くなってしまった。遅れついでに君を真っすぐに送っていくよ。レディー・ヘンプドンの予約は四時半だね？」

「どこかで降ろしてくだされば、わたしはバスで帰りますけど」フローレンスが言う。

「思いやりがあるね。でもいいよ。そんなに時間はかからないはずだから」

いつも正しいミスター・フィッツギボンが、今度だけは間違っていた。

3

ミスター・フィッツギボンは、都心へ戻る本道を無視した。フローレンスはこの地域になじみがないので、荒れ果てた倉庫やみすぼらしいれんが家屋や店舗が連なり、ところどころに新しいフラットの高層ビルが立ち並ぶ細い道路を、茫然《ぼうぜん》とながめた。しかし車はほとんど走っていない。道を横切ればタワー橋のそばまで行き、川を渡ることができる。おそらく彼はそうするつもりだろう。

倉庫の窓には板が張られ、壁には木でつっかい棒がしてあるが、危なっかしい感じがする。道路はがらんとしていて、二人の車の前にはくず鉄らしいものを満載したトラックが一台走っているだけだ。それを追い抜くことができずにミスター・フィッツギボンは速度を落とした。そのとき突然、トラックが道を横切って崩れかけた倉庫に激突した。建物かられんがの雨が降り始めると、ミスター・フィッツギボンは急停止した。

彼は鞄《かばん》に手を伸ばし、ドアを開けた。「警察に電話するんだ。ここはローズマリー通りだよ。それから車に鍵《かぎ》をかけて一緒に来てくれ」彼は道路に沿って歩いていく。れんがや金属片はまだばらばらと崩れ落ちている。トラックはどこにも見えない。

フローレンスは九九九番に事故の発生を通報し、現場には自分と医師がいるだけで、トラックの運転手は瓦礫《がれき》に埋もれているから急いで来てほしいと要請した。彼女は車に鍵をかけると、すぐにミスター・フィッツギボンのところへ駆けていった。彼はそばの鉄の柵《さく》に上着をかけて、れんがや金属片や鉄パイプなどを取り除いている。

「すぐ来ます」フローレンスは言葉少なに言った。

「ここに立って、ぼくが渡すものを後ろへほうり投げるんだ。運転席はこの辺だと思うよ」

彼が鉄板を一枚そっと動かすと、れんががばらばらと滑り落ちた。それを一個ずつフローレンスに渡しては、ときどき手を休めて耳をそばだてている。

二人は間もなく砂ぼこりにまみれた。

「どうぞ手に気をつけて……」フローレンスは言ったとたんに後悔した。人命が危険にさらされているのに、かすり傷やあざの心配をしている場合ではない。優秀な外科医の手ではあるけれど……。

彼が突然手を止めた。フローレンスも針金が突き出ているコンクリートの塊をつかんだまま息をこらし、耳を澄ました。瓦礫の中から弱々しい声がもれている。そして「おおい」と言うのが聞こえた。

ミスター・フィッツギボンはれんがを二、三個フローレンスに手渡した。「おおい！　待ってくれ、もう少しで届くから」明るい声で言う。

数分かかってコンクリートの塊をもうひとつ引き出した。砂ぼこりをかぶった男の顔が一部分だけ見えた。そこへ救急車、続いて警察の車と消防車が来てとまった。

ミスター・フィッツギボンは注意深く首を引っ込めた。「れんがとがらくたを取り除かないと、この人には届かない」

駆けつけた人たちはエキスパートだ。透き間を押し広げ、男の頭上の金属片を支え、必要な用具を持ってきた。ミスター・フィッツギボンは肩のところまで上体を入れて中の男と話をしていたが、すぐに顔を上げた。

「彼の脚に近づきたいから、そっちからがらくたを取り除いてくれないか？　頭の上は安全だと思うが、脚を診る必要がある。どうも何かに挟み込まれているらしいから」彼は肩越しに振り向いた。「フローレンス、ぼくの鞄を――注射器とモルヒネのアンプルが要る」

彼は薬を調べてフローレンスに注射器に入れさせてから、透き間の中へもぐっていった。ほかの人たちは慎重にがらくたを取り除くのに忙しい。やがて靴が、そしてもう一方の脚が見えたので、ミスター・フィッツギボンが調べに行った。

「鞄を渡してくれ」彼がフローレンスに言う。「切断用具が要ると救急隊員に言ってくれ。それから君もここへもぐってぼくの言うとおりにするんだ」

フローレンスは、モルヒネのせいですでにうとうとしている男のほうに向かって体を滑り込ませた。

「やあ」男が小さくつぶやく。「ぼくは重要人物扱いを受けてるようだな。あんたみたいな美人が、こんなところで何をしてるんだい？」

場所が狭いので、フローレンスからわずか数センチのところにミスター・フィッツギボンの顔がある。彼は男のひざに止血帯を当てている。

「ああ、フローレンスはぼくの右腕なんだよ。絵のように美しい人だろう？　顔が汚れていないときの彼女を見せたいものだ。さて、残念ながら君の脚の一部を切断しなくてはならないが、君は何も感じないし、ぼくが病院で手当を終わるころにはすっかりよくなっているはずだ。ひざのすぐ下だよ、フローレンス。ぼくの指示に応じられるようにして、よく目を光らせていてくれ」

彼は静かな声で男に話しかけながら、忙しく手を動かしていた。フローレンスがわずかに動くと何かが破れる音がしたので彼は言った。「何か大事なものじゃないといいがね、フローレンス」

男が眠そうな声で笑う。「ぼくをしっかりつかまえて、それからこの先生から目を離しちゃだめだよ……」

フローレンスは男のほこりまみれのげんこつをぎゅっと握った。「約束します」

ミスターー・フィッツギボンが体の位置を少し変えたので、若々しい明るい顔が見えた。彼はフローレンスに向かってウィンクした。

「これから君に眠ってもらうよ」携帯用の麻酔器具を持ってミスター・フィッツギボンが言う。

フローレンスが穏やかに男に尋ねた。「その前にきいておきたいんだけど、あなたは結婚してらっしゃるの？　そう。お子さんは？　三人？　三人っていい数ね……」しゃべっている間に男が意識を失ったので、フローレンスは男の手から自分の手を離し、ミスター・フィッツギボンの指令どおりになんでもできるように、前へぐっと身を乗り出した。

彼はゴム手袋をはめた手を素早く動かして処置を施してから言った。「ゆっくり緩めてくれ、フローレンス」

フローレンスは止血帯を徐々に緩めた。万事順調だ。ミスター・フィッツギボンは後ろへ手を伸ばして包帯を受け取った。

「脈はどう？」

「しっかりと安定してます。そちらのほうから運び出すんですか？」

「ああ、できるだけ手を伸ばして頭を支えてくれ」ミスター・フィッツギボンは一瞬姿を消したが、すぐに救急隊員を連れて戻ってくると、彼と一緒に男の体をずらした。男の頭と肩を固定しているうちに、フローレンスは自分の肩にも腕にも痛みを感じてきた。まるで何時間もそうしているようだった。ようやく彼は担架に乗せられ、救急車へ運ばれていった。フローレンスは体をひねり後ろ向きにはい出ようとしていたが、ミスター・フィッツギボンが彼女をつかまえて引っ張り出した。

「ここから動くんじゃないよ」彼は言うと、救急隊員のところへ話をしに行った。フローレンスに動く気はなかった。すっかり汚れ、口の中までほこりだらけで体全体がずきずき痛む。今すぐにでも熱いお湯につかってお茶を飲みたい気分だ。わっと泣き出して感情を発散させたい気もする。

しかし、そんな望みはかないそうにない。ミスター・フィッツギボンが戻り、フローレンスの腕を取って車のところまで行った。「さあ、乗るんだ。救急車と同時にコルバート病院に着きたいからね」

警察の車がライトをひらめかせ、サイレンを鳴らしながら最初に出発し、消防車がしんがりを務めた。一行は車の間を縫うように疾走していった。ほかの場合だったら大いに楽しい気分だったに違いない。

「彼は助かるでしょうか？」

「ああ、ほかに大けがはなさそうだからね。でもレントゲンを撮ってみないとわからない。あの脚の処置をしたいから、コルバート病院に電話をかけて、フォーテスキューに連絡を取ってくれないか？」

整形外科医のミスター・フォーテスキューと連絡が取れた。彼は手伝ってくれるそうだ。そして手術室看護師にすぐ用意をさせると言った。フローレンスが電話を切ろうとすると、運転中のミスター・フィッツギボンが言う。「君をミセス・トウィストのところへ帰すのに、タクシーが一台必要だと言ってくれ。君はけがはしなかっただろうね?」

「ええ、大丈夫だと思います」

「確かめるべきだ。疑わしい点があったら、救急室へ行きなさい」彼はフローレンスを見てにっこりした。「さあ、着いた。またあとで」彼は車を降りてフローレンスの側のドアを開ける。「ミセス・キーンに連絡してくれ。あとで電話するよ」待っていたタクシーのほうへフローレンスを押しやって、ミスター・フィッツギボンは去っていった。

運転手が降りてきてフローレンスが車に乗るのに手を貸した。「事故に遭ったんだね? けがは?」

「大丈夫よ。汚れているだけ。瓦礫に埋もれて出られない人を助けたの」フローレンスは弱々しくほほ笑んだ。「わたしの下宿へ行ってもらえたら、わたしは仕事に戻れるから……」

「オーケー……行き先はどこ?」

彼が手をさし伸べて車から降ろしてくれたときに、フローレンスは言った。「ちょっと待っていてください。手持ちのお金がないので取りに行ってくるわ」

「それはもうすんでる。コルバート病院の守衛が、あとで取りに来いと言っていたから。さあ、中へ入ってお茶を飲んで、横になることだね」

彼は一緒にドアのところまでついてきて、現れたミセス・トウィストにフローレンスを引き渡した。「事故に遭ったのさ。あんたに任せますよ」

ミセス・トウィストがきいた。「いったいどうしたの？　けがは？　ほこりだらけね」

「事故に遭ったわけじゃないんです。古いシーツか何かをください。着ているものをここで脱ぎます。そうしないと家の中が汚れてしまいますから」

「それはいい考えね」ミセス・トウィストは急いで去ってから、ちりひとつ落ちていない廊下の床に古いテーブルかけを広げ、その上にフローレンスを立たせた。フローレンスは彼女の手を借りて何もかも脱ぎ捨てた。「この服はもう着られないわね」彼女が言う。「後ろが大きく破れているもの。ショーツを誰にも見られなかったのが幸いだわね」

フローレンスを引っ張り出したとき、ミスター・フィッツギボンには丸見えだったに違いない。「お湯につかって髪を洗ってもいいですか、ミセス・トウィスト？」

「いいわよ。でも、まず熱いお茶を飲んでからね。それからお昼寝もしたら？」

「そんな暇はないんです。四時半に患者さんが見えるので、それまでに行って用意をしないと」

「お昼はまだなの？」

「ええ」

「あなたが髪を洗っている間にサンドイッチを作っておくわ。さあ、行きなさい」

やがてフローレンスは、タオルで頭を包み、部屋着にスリッパ姿で台所の椅子に座った。彼女はサンドイッチを食べ、お茶を飲みながらミセス・トウィストに一部始終を話した。緊急の場合なのでフローレンスは電話を使う許可を与えられ、ミセス・キーンに連絡をした。

ミセス・キーンは冷静に応対した。「支度ができたら来てちょうだい。それまでにコルバート病院に電話をかけて、ミスター・フィッツギボンの指示を受けておくわ。あなたは本当に大丈夫？」

「大丈夫よ」フローレンスは受話器を置いた。

診療所に着くとお茶の用意がされていて、ミセス・キーンは詳細を聞きたがった。

「ミスター・フィッツギボンは胸部の専門家なのに、なぜあの患者の手術をすることになさったのかしら？」フローレンスが言う。

「先生は胸部が専門ではあるけれど、どんな手術でもなさるのよ。それにミスター・フォーテスキューは同輩で、昔からのお友達なの。ミスター・フィッツギボンは、始めたことは最後まで見届けるかたなのよ」ミセス・キーンはビスケットを勧めた。「それであなたは、けがはしなかったの？」

「ええ、でも制服が台無しよ。スカートの後ろを釘《くぎ》か何かに引っかけて破ってしまったの」

「お茶をもう一杯飲むといいわ。まだ二十分ほど時間があるから」

フローレンスが手術器具をそろえていると、ミスター・フィッツギボンが入ってきて、検査室との間のドアを大きく開け広げた。フローレンスは、昼のあの出来事のあと、二人の間柄が少し温かくなればいいと思っていたが、すぐにそれは望めないと悟った。彼はいつもどおりしみひとつないシャツを身につけ、髪をきちんと整え、冷静そのものだ。

「なんともないかい？　今日の仕事をやり遂げる元気はある？」

「ええ、あの気の毒な男の人は大丈夫なんですか？　ほかにけがは？」

「肋骨《ろっこつ》が折れて肺を貫通している。それと腕の骨折だ。縫合をすませたからきっとよくなるよ。彼は不屈の男だよ」

「奥さんは……？」

「彼につき添っているよ。少なくとも今夜は病院で過ごすはずだ」

「子供たちは？」

「お祖母《ばあ》さんのところだ」

「まあ、よかった。誰かが手際よく全部手はずを整えたんだわ」

「ああ、そのとおり」ミスター・フィッツギボンは言った。それをしたのは彼だった。彼は強引にあれもこれもなし遂げ、誰にも文句を言わせなかったのだ。日ごろの冷静さも礼儀正しさも失ったわけではないが。「ミセス・キーンに破れた制服のことを――ほかにも傷んだものがあったらそのことも詳しく説明して、弁償してもらったらいい」

フローレンスは赤面した。


昼の出来事に関する話はそれっきりになったので、フローレンスはなんとなくないがしろにされたような気持で下宿先へ帰った。ミスター・フィッツギボンは礼を言ったわけでも、気持を気遣ってくれたわけでもない。わたしが石でできているとでも思っているのかしら？　心の温かいフローレンスはやすむ用意をしながら考えた。周囲の人々に全然関心を示さない彼の人生には何か問題があるに違いないわ。いいえ、そうじゃない。彼はトラックのあの男性にはとても親切だったもの。彼は哀れむべき人なんだわ。あの確固とした冷静さを揺さぶるような誰かが、あるいは何かが彼には必要なのよ。中身はきっといい人なんでしょうから、もっと思いやりを持って口答えをせず、必要なときには同情を示してあげなければ。彼女はそう決心しながら目を閉じた。

フローレンスは、翌朝そういう覚悟で出勤したが、ミスター・フィッツギボンはまったく無愛想だったので、優しい同情的な態度をとり続けるのは困難だった。しかし、彼のところへコーヒーを運んでいくと母親のようにそれを飲むように言って、さらに助言した。

こんな上天気のときには田舎で週末を過ごしたら体のためになるに違いない、先生は運動不足ぎみだからと。

ミスター・フィッツギボンは冷ややかな目つきで、フローレンスを上から下まで見た。

「ぼくの健康を気にしてもらえるのはありがたいが、君は患者のことだけ心配していればいいんだ」

せっかくのフローレンスの誠意はむだになった。

週末が近づいたある日、フローレンスがあと片づけをしていると、ミセス・キーンが入ってきた。「ミス・ペイトンが見えて、先生にお会いしたいそうですよ、ミスター・フィッツギボン。今ちょうど病院へ行かれるところだと言ったんですけど」

彼はデスクから顔を上げた。「入ってもらってくれ、ミセス・キーン?」半分開いたままのドア越しに、彼はフローレンスに向かって言う。彼女は検査室で器具を片づけていた。

「もういいよ、フローレンス。手間取りそうなら、またあとで戻ってきてくれないか?」

明るいが温かみのない声だ。フローレンスが検査室を横切って出ようとすると、反対側からドアが開けられ、三十歳ぐらいの美しい女性が入ってきた。上手に化粧をし、シンプルだが高価そうな身なりをしている。彼女はフローレンスには目もくれずに歩いていった。

「ダーリン、あなたに会いたかったのよ。診療所へ来たりしていけなかったわね。でもあなたはパーティーにいらっしゃらなかったし、わたしはとても……」

やや甲高いその声を聞きながら、フローレンスはためらいがちにドアを閉めた。しかしその前に、ミスター・フィッツギボンの〝やあエリノア、よく来たね〟という声が耳に入った。

「あのかたはどなた？」フローレンスがきくと、ミセス・キーンは珍しく不愉快そうな顔をした。

「はっきりしたことは知らないけど、ミスター・フィッツギボンととても親しいかたでね、よく電話をかけてくるの。先生もときどき電話なさるわ。彼女はかなり年上の男性と結婚して、一年ほど前ご主人は亡くなったの。とても頭がよくて……いろんなところへ出かけていく人よ」

「それで……お二人は結婚なさるの？」

「彼女の希望はそうね。でも先生のほうはわからないわ。感情を全然表に出さないかただから。とても評判はいいし大勢お友達もいるけれど、何を考えてらっしゃるのか見当もつかないわ」

「でも、あの女性は先生とは全然つり合わないと思うわ」フローレンスは切羽つまった声で言った。

ミセス・キーンがうなずく。「そうね。先生にはおべっかを使わないような人が必要なのよ――あなたみたいな人がね」

「わたし？」フローレンスは笑った。「あなたは帰るの？　わたしは残って検査室を片づけないと。あの二人、あまり長くかからないといいけど。七時にコルバート病院へ行く約束になってるの」

「わたしは帰るわね。明日は九時に新しい患者さんが見えるわよ」

ミセス・キーンが去ったあと、フローレンスは台所で座って待っていた。十分ほどしてミスター・フィッツギボンと訪問客が出てきた。フローレンスは台所から出て、彼に戸じまりをするべきかどうか尋ね、二人に別れの挨拶《あいさつ》をした。エリノアが待合室を出ていくときに〝あれは誰なの？〟と言うのが聞こえた。彼はなんと答えたのだろう？　フローレンスは肩をすくめると、片づけをすませて帰宅した。

フローレンスは自分の部屋で夕食をとり、急いで着替えをしてからコルバート病院へ行くバスに乗った。トラックの男はすでに集中治療室から出ていた。フローレンスは以前このスタッフだったので、彼を訪ねる許可をたやすく得ることができた。

彼はベッドに半身を起こしていたが、疲れている様子だった。しかし明朗で、回復したいという堅固な意志を見せている。つき添っている彼の妻は、小柄でやせていてどことって特徴のない女性だが、彼と同様に堅固な意志を持っているようだ。フローレンスは持ってきた花を花瓶に生け、快方に向かっている彼を見てほっとしたと言った。

「あなたとあの親切な先生のおかげで、命が助かったんですよ」彼の妻が言う。「本当に立派なかただわ。わたしをここへ呼んでいつまででもいられるように取り計らってくださって、おまけに子供たちのことまで……。お金の算段もですよ。もちろんできるだけ早くお返しするつもりだけど、今現金が役に立つことは確かだわ」

家に帰る途中、フローレンスは考えていた。ミスター・フィッツギボンという人物はいつまでたってもわかりそうにない……。

翌日は金曜で、フローレンスは夜には帰郷できるはずだった。一日がいつもと同じように過ぎていった。ミスター・フィッツギボンの患者はとぎれることがない。予定表は何週間も前からいっぱいになるし、彼は毎日数時間を病院で過ごす。フローレンスは帰郷を楽しみにしながら、最後の患者が帰ったあとの片づけをしていた。彼はいつもどおり無愛想なので、牧師館の気楽な雰囲気が懐かしく思われる。

タオルを片づけ、テーブルを拭《ふ》き上げてから、待合室に続くドアを開けた。ミスター・フィッツギボンはミセス・キーンのデスクの端に座り、彼女としゃべっていたが、振り向いてフローレンスを見ると立ち上がった。

「今、今夜患者を診る約束をしたところなんだよ、フローレンス。ほかの時間には来られない人だから、ぼくたちの予定を変えるより仕方がない。君はうちへ帰るつもりだったかい？」

もう少し同情を込めて言ってくれれば気にならなかったのに、とフローレンスは思った。

「ええ、でも朝の列車が何本もあるので、明日帰ります。今夜は何時に来ましょうか、先生？」

「六時半だ。うちへ電話をするなら今したらいい」彼はミセス・キーンに微笑してから出ていった。

「あいにくだったわね」ミセス・キーンが言う。「今夜遅く列車に乗るわけにはいかないの？」

「シャーボーンまで二時間かかるの。そんな遅くに迎えに来てくれる人は誰もいないわ。いいのよ、明日の朝早く乗るから」

「ミセス・トウィストはうちにいるかしら？　あなたのお夕食はどうなるの？」

「彼女は出かける予定だけど、構わないわ。缶づめでも開けてすませるから。わたしはうちへ帰りますって言ってしまったもの」

「ミスター・フィッツギボンの夜も台無しになったのよ。誰かを食事に連れていくつもりでいらしたの。あのエリノアという女性だと思うわ」

「先生の夜も台無しになったんだと思うといい気分だわ」フローレンスはちくりと言うと、ふいににっこりした。「そして彼女の夜もね」

ミセス・キーンが笑った。「わたしは帰るわ。あなたも一緒に出ない？」

二人はそろって外へ出た。ミセス・キーンが明るく言う。

「月曜日にまた。先生は八時に手術だから、午前中はわたしたちだけよ」ミセス・トウィストは話を聞くと不機嫌になった。「わかっていたら、ハムを用意してあげたのに」

フローレンスはあわてて彼女をなだめた。「お豆の缶づめを開けてもいいかしら？　トーストを作ります。今夜はどのくらいかかるのかわからないので、列車には明日の朝乗るつもりです」

「それでいいのなら、今度だけはそうしましょう。ミスター・フィッツギボンのためですものね」

フローレンスは黙っていた。彼は夕食に豆の缶づめなんて食べなくてもいいに決まっているわ。お茶を飲み、身づくろいをすませ、ミセス・トウィストのデイリー・ミラー紙をざっと読んでから、彼女は診療所へ戻った。

ミスター・フィッツギボンはすでに来ていて、レントゲン写真を見ながら考え込んでいた。「ああ、来たね」五分早く来たのに、遅刻でもしたかのような言い方だ。

フローレンスは待合室で患者を待っていたが、患者は十五分遅れて到着した。彼女がドアを開けると、そこには新聞やテレビのニュース番組で毎日のように見かける有名な人物が立っていた。フローレンスは驚いた表情を見せまいと努めながら挨拶した。

ちょうどそのときミスター・フィッツギボンがドアを開けて出てきて、患者と握手をした。フローレンスは二人のあとから診察室へ入った。ミスター・フィッツギボンはフローレンスのことを、完全に信頼できる分別のある看護師だと説明している。

「あなたの主治医から届いたデータを調べる間に、検査室の用意をさせますよ」フローレンスはその言葉を聞くと速やかに部屋を出てドアを閉めた。

二人が検査室へ来るまでにかなり時間がかかったように思われたが、検査そのものにはもっと手間取ったようだった。二人が診察室へ戻ったあと、フローレンスは片づけを始めようと中へ入った。ミスター・フィッツギボンは、そこにあったありとあらゆる器具を全部使ったように見える。これらを片づけるには少なくとも一時間はかかりそうだ。間もなく八時になるというのに。

片づけが半分終わったところへ彼が入ってきた。患者が帰ったあとの診察室には、読書用のデスクライトがともっているだけだ。「君の夜が台無しになって悪かったな。ミセス・トウィストは夕食を用意してくれているかい？」

「ええ」フローレンスはさり気なく言った。「彼女、お料理が上手だから何か特別なものを作ってくれて、一緒に食べることになると思います」

「ではぼくと食事をしようと誘ってもむだだね」

「先生の夜も台無しになったんですか？」それはわかっていたのだが、フローレンスはもう少し詳しいことを知りたかったので尋ねてみた。

「台無し？　とんでもない。計画の変更が必要になった、とでも言うべきかな」

「ええ、わたしも。でも週末はまだそのまま控えているんだから、全然構わないですよね」

「そのとおりだ。明日の朝八時半に、ミセス・トウィストの家の前に出ていてくれ、フローレンス。君のうちまで送るからね」

フローレンスは何もかも頭の中できちんと整理してから言った。「ご親切にありがとうございます、先生。でも列車に乗ったら二時間しかかからないので、お昼前には着くんです」

「二時間？　車なら一時間半で行けるよ。ぼくにも田舎の空気が必要なんだ」

「先生の一日が台無しにはなりません？」

「台無しになるようなら、もともとこんな提案はしないよ」

そこに立っているフローレンスは非常に美しく見えた。沈んでいく夕日が髪を輝く赤銅色に染めている。彼を澄んだまなざしで見つめ、本気で言っているのかどうか確かめてから、フローレンスは静かに言った。「それならいいんですけど」

「さあ、もうお帰り、フローレンス。ぼくは書かなければならないものが少しあるから、戸じまりはするよ。おやすみ」彼はデスクに戻った。

フローレンスはミセス・トウィストのところへ帰って靴を脱ぎ、豆の缶づめを開け、へアピンを抜き取り、台所で夕食をとった。ミスター・フィッツギボンとの食事はこれとは大違いですてきだっただろうが、魅惑的なエリノアの代理を務める気はない。

フローレンスはバスターにえさをやると、入浴してからベッドに入った。


すばらしく天気のいい朝だ。間もなく六月になる。快適な季節だ。フローレンスは着るつもりだった服を、もっときれいなものに替えることにした。このほうが外の明るい日光にふさわしいもの。そう自分に言い聞かせながら軽い足取りで階下へ下りる。ミセス・トウィストは土曜日はのんびり過ごすことにしているので朝食は作らないが、自由に何を食べてもいいことになっている。ミセス・トウィスト宛《あ》てに台所のテーブルに残しておいたメモがなくなり、代わりに彼女からの伝言が置いてあった。〝バスターを外へ出さないように。楽しい旅行をしていらっしゃいね。うらやましいわ〟

フローレンスはお茶を飲み、バスターにえさを与えてから週末用の旅行鞄を持って外へ出た。ドアを閉めていると背後でロールスロイスが静かにとまった。ミスター・フィッツギボンが降りてきて、フローレンスのために車のドアを開けた。

カジュアルな服装の彼はとてもすてきで、若々しく見える。彼の明るい朝の挨拶を聞いて、フローレンスは勇気を出して天候のことに触れてみたが、戻ってきたのは短い返事だけだった。会話をする気分ではないらしいわ。そのとき温かい舌がうなじに触れ、フローレンスはぎょっとして小さな悲鳴をあげた。振り向くと、茶色のふさふさした毛並みの優しそうな茶色の目をした犬がフローレンスを見つめていた。

「ああ、言っておくべきだったね」ミスター・フィッツギボンが何気なく言う。「モンティーも田舎が好きなんだ。構わなかったかな？」

「ええ、もちろん。かわいい顔をしているんですね。何種なんですか？」

「さあ、なんだろう……？　雑種らしいよ」

「ブリーダーかペットショップから買われたんですか？」

「あき家の戸口にいたんだ。ここまで元気になるのに、しばらく時間がかかったよ。どんな親から生まれたのかいまだにわからない」

「とても気立ての優しい犬だわ。きっとヒギンズの気に入るでしょう。チャーリー・ブラウンは――うちの猫は、どうかわからないけれど」

「モンティーは猫が好きだよ。うちの猫は二週間前に子猫を産んだんだ。メリサンドが散歩に出るたびに、モンティーがバスケットの番をしている」

「メリサンドというのが猫なんですか？」

「ああ。ぼくたちが行くことをお母さんは知っておられるかい？」

「ええ、弟たちも休暇で帰っています」

二人は再び口を閉ざした。モンティーの静かな息や何かつぶやいているような声だけが聞こえる。まだ朝早いので、A三〇三号線は比較的すいていた。犬の温かい息をうなじに感じながら、フローレンスは座り心地のいいシートに幸せな気持でもたれていた。ロールスロイスに乗せてもらえたら、誰だって幸せな気分になるに違いないわ。しかしそれだけではなく、ミスター・フィッツギボンと一緒にいるのが楽しいことのように思えた。意外だった。その瞬間まで、彼を好きにはなれないと思っていたのに……。

やがてフローレンスはスパークフォードで曲がればいいと言ってからつけ加えた。「あら、ごめんなさい。ミスター・ウィルキンズと一緒にいらしたんでしたね。イギリスのこの地方はお好きですか?」

「ああ、大好きだ。町から簡単にドライブできるし、いったん本道を離れるとうっとりするほど美しい田舎に入るからね」彼はA三〇三号線をあとにして横道に入り、シャーボーンに向かった。細い田舎道をたどっていくと、生け垣が夏の訪れを知らせて生い茂っている。

ガッセージ・トラードは盆地の下のほうにあるので、坂を下りていくと家々の屋根が見え始めた。フローレンスが満足げな吐息をもらす。「うちに帰るのはいいものだわ」

「就職したことを後悔しているのかい?」ミスター・フィッツギボンがきく。「ぼくのところでの仕事が気に入らないのかな?」

「もちろん気に入ってます。ただ、先生のことをもう少しよく知ることができたらいいのにと思って……」フローレンスは言葉を切って真っ赤になった。「ごめんなさい。なぜこんなことを言ってしまったのかわからないわ」

「もしいつかわかるようになったら知らせてくれ」

彼がこちらを見なかったので、フローレンスはほっとした。

「牧師館は教会を通り越した先だね?」

彼はフローレンスの言葉が耳に入らなかったかのように言った。でも、わかるようになったら知らせてくれと言ったのだから、きっと聞こえたんだわ。だけどあんなばかげた言葉、すぐに忘れるに決まっている。

フローレンスは明るく言った。「ここです」腕時計に目をやる。「十時二十五分だわ。先生がおっしゃったとおりでしたね」

「もちろんだ」彼はうぬぼれとは違う口調で言って車を降りると、フローレンスがすぐに家の中へ駆け込めるようにドアを開けてくれた。

4

フローレンスがドアに行き着く前に、母が迎えに出てきた。そのあとから弟たちが、そして嬉《うれ》しそうにほほえながらヒギンズが飛びついてくる。

フローレンスは息を弾ませて言った。「ただいま、お母さん、みんな……こちらがミスター・フィッツギボンよ」

モンティーを横に従えて静かに立っている彼のところへ、皆がいっせいに駆け寄る。

「お母さんには紹介ずみね」フローレンスは母に言ってからつけ加えた。「これが弟たち――トムとニッキーです。ああ、それからこれがヒギンズ」

ヒギンズは小さなモンティーの前に座って頭を垂れ、優しく呼吸をしている。

「まあ、よかった。友達になってくれそうだわ」ミセス・ネピアが言った。「どうぞお入りになってください。コーヒーの用意ができてますから。ロンドンからのドライブは快適でした?」ミセス・ネピアは先に立って家の中へ招き入れながらいろいろ尋ねたが、ミスター・フィッツギボンは彼女のどの質問にもそつなく答えた。コーヒーを台所で飲むのが大好きだとも言った。

「ちょうどお昼の用意をしているところだから、わたしがお料理をする間みんなでおしゃべりができるわね」彼に向かってミセス・ネピアがにっこりする。「ここにお座りになって」テーブルの横にあるウィンザーチェアーを勧めた。

母はコーヒーを注《つ》ぎながら静かにおしゃべりを続けているが、フローレンスはちっとも構わないと思った。もし、彼の気に障ったらお気の毒だけど。

しかし彼はいやがる様子もなく、卓上のケーキの大きなひと切れを取り、フローレンスの母と世間話をする合間に、弟たちとは車に関して話し合った。ミスター・ネピアが村の一キロ余り先にあるホワイトホース農場に行ったと聞くと、ミスター・フィッツギボンは車で迎えに行くと申し出た。弟たちにもミセス・ネピアにも異議はない。

「先生の犬はここに置いていらっしゃいな。ヒギンズと一緒で楽しそうだから……」

一同が再び車のところへ出ていき、ミスター・フィッツギボンがドアを開けると、二匹の犬も弟たちと一緒に中へ乗り込んだ。フローレンスと母は、車が滑るように門を出ていくのを見送っていたが、母が言った。「あの子たちとヒギンズがお邪魔でないといいけれど。親切なかたね。話し方も魅力的だし。さぞ思いやりのある雇主なんでしょうね」

「まあね。でも、仕事の妨げになるようなことはなんであれ、絶対に許されないの。それにとても無口よ。用事があるときに命令をなさるだけなの」

「でもダーリン、いつもお仕事ばかりというわけじゃないでしょう？　ロンドンからドライブしてくる間に、何か話はしなかったの？」

「あれこれちょっとだけ」

「彼が結婚してらっしゃらないなんて意外だわ」ミセス・ネピアが言う。

二人は台所に戻り、コーヒーカップを片づけた。「恋に落ちる暇なんかなかったんでしょう。ふさわしい女性は何人もご存じのはずだけど……」

「ふさわしい？」

「わかるでしょう、お母さん？　きれいに着飾ってお化粧をして、会話が上手でウィットに富んでいて、お勧めなんかする必要がないような女性よ」

「なぜそれが彼の好みのタイプだと思うの？」

「ある女性が診療所に現れたの。エリノアとかいうその人を見て、先生はとても嬉しそうだったわ。彼女は何メートルも離れていても聞こえるような声の持ち主で……わかるでしょう？」

「ミスター・フィッツギボンがどういうかたなのかわたしはよく知らないけど、そんな女性に参ってしまうような人とは思えないわ。彼はここでお昼を食べていらっしゃれるかしら？」

「どうかしら。あら、みんなが戻ったわよ」

父だけ台所へ入ってきてフローレンスにキスした。残る三人は外にいる。白髪混じりの頭と並んで弟たちの頭がロールスロイスのエンジンをのぞき込んでいる。

「やあ、おまえの先生は実に感じのいい人だね」

「お父さん、彼はわたしのものじゃないのよ」

「いや、軽い気持で言っただけだよ。彼は親切にもわたしを迎えに来てくれて、それは辛抱強くおまえの弟たちの相手をしているよ」彼は妻のほうを見た。「昼食にお招きしたらどうかな?」

「ええ、土曜日だからお暇かもしれないわ。きいてみますね」

やがて台所へ戻ってきたミスター・フィッツギボンは昼食の招待を辞退した。「ごちそうになりたいのはやまやまなのですが、午後約束があって、町へ戻らなくてはならないんです」

「まあ、そうですか」ミセス・ネピアが言う。「ご自分の楽しみのお時間などあまりないんでしょうね。娘を送ってくださってありがとうございました。列車に乗り遅れるなんて、フローレンスらしくもない……」

「いや、乗り遅れたのではなく、患者の世話をするために残らなくてはならなかったんですよ。ぼくはときどきとんでもない時間に診察をすることがありますからね」

ミセス・ネピアは、この親切な男性と娘の間にロマンスが生まれる可能性を考えていたのでがっかりした。彼女はミスター・フィッツギボンを見送りに出て言った。「ゆっくりしていただけなくて残念です。先生のお仕事についておききしたかったのに……。フローレンスがどんなことをしているのか、まだよく知らないものですから」

彼は車に乗り込んだ。「非常によく働いていますよ、ミセス・ネピア。彼女は冷静で勇敢で、服が破けたり、ほこりまみれになったりしても文句を言わない」ミスター・フィッツギボンは、迷惑そうな顔つきのフローレンスに向かってにっこりした。「彼女にきいてごらんなさい」

彼は手を振り、車は静かに走り去った。

「あれはどういう意味なの？」ミセス・ネピアがきく。「中へ入って話してちょうだい。事故にでも遭ったの？」

「違うのよ」フローレンスは不機嫌な声で言った。「あの話はしないつもりだったのに……彼にはうんざりさせられるわ」

「さあ、座って何があったのか話して」

「本当にわたしは、誰でもするようなことをしただけ。人を救って脚の切断手術をなさったのは、ミスター・フィッツギボンよ。よつんばいになっての手術だったから、体の大きい彼はさぞ苦しかっただろうと思うわ。それからコルバート病院へ直行して、また手術をなさったの。タクシーでわたしを下宿へ送らせてから」

「まあ、ご親切なこと」

「あら、その日の午後、わたしを診療所で働かせるつもりだったからよ」フローレンスは腹立たしげに言った。「ご自身も楽をなさらないけど、ほかの人にも楽をさせない主義なの」

「ロールスロイスで送ってくれたじゃないか」トムが指摘する。「すごくいい人だとぼくは思うけどな」

「ぼくもさ」ニッキーが言った。「車のことにとても詳しいんだよ」

「車の知識があるからなんだっていうの?」フローレンスはぷいと部屋を出て自分の寝室へ行った。なぜか憂鬱《ゆううつ》な気分になって、彼女は窓から外を見た。

窓の下の庭には初夏の花が咲き乱れている。憂鬱な気分はすぐに消えていった。ばら、においあらせいとう、わすれな草、三色すみれ、すずらん、きんぽうげが、あまり手入れの行き届いていない花壇にあふれている。フローレンスはこの色鮮やかな無秩序状態を少し整理しようと決心して階下へ下りた。

週末が終わってしまい、彼女は雑草を半分抜いただけで庭園をあとにしなければならなかった。だが、そのきつい労働がそわそわした気分を落ち着けてくれたことは確かだ。ロンドンへ帰る列車の中でフローレンスは考えた。一週間仕事に励んだら、いつもどおりになるわ。

質素だけれど居心地のいい牧師館から帰ったあとは、自分の部屋が狭苦しくて暗く思える。フローレンスは持ち帰った花を生け、荷物を解いてから、ミセス・トウィストにばらをひと束手渡した。彼女は大喜びして、コンビーフとレタスとトマトの夕食に缶づめのスープを追加してくれた。

翌朝、温かい日ざしを浴びながら歩いていると、牧師館の庭とばらのことが懐かしく思い出された。だが、診療所に着きミセス・キーンに会うと、フローレンスはいつもの自分に戻った。ミスター・フィッツギボンが病院にいる間に検査室を掃除し、器具を点検し、戸棚と引き出しに備品が充分補充されているかを確認してからミセス・キーンとゆっくりコーヒーを飲んだ。

「それじゃ、うちへ帰ったのね?」彼女がきく。

「先生が土曜の朝送ってくださったの」

「まあ、ご親切ね。そちらのほうで週末を過ごされたのかしら?」

「いいえ、わたしのうちでコーヒーを召し上がっただけよ。約束があるからって……」

「あのエリノアという女に決まってるわ。留守番電話に彼女からの伝言がふたつも入っていたもの。でも、今夜は彼女を連れて出かけられるとは思えないわ。コルバート病院を一時前に出ることは無理でしょうし、二時以降の予約は五つもあるんですもの」ミセス・キーンは突然尋ねた。「あなたはここで勤務を続けるつもり? そうだといいけど」

「あら、もうすぐひと月になるのね。ええ、続けさせてもらえるといいけど。仕事は面白いし、毎週末うちへ帰れるし、お給料はいいし……」

「毎週末は無理かもしれないわよ。水曜日には中部地方でのお約束があって、あなたも行くことになりそうだわ。泊まりになるかもしれないの。今回は違うけど、週末に当たることもあるのよ」

「ええ、それは構わないわ」

「よかった。わたし、三十分ほど出かけてきてもいいかしら？　夕食の材料を買ってきたいのよ。午後は遅くなって、お店が閉まってしまいそうだから」

フローレンスはひとりになると、戸棚や引き出しから幾つかの器具を取り出し、電話に数回出た。それから留守番電話のスイッチを入れてエリノアの声を聞いた。ミスター・フィッツギボンが劇場に連れていってくれず、そのわけを説明もしなかったと不機嫌な口調で言っている。ふたつめの伝言の声は、もっと不機嫌に聞こえた。ミスター・フィッツギボンが気の毒な気がする。彼は同情など必要としないし、自分の面倒は自分で見ることができる人ではあるけれど。

ミセス・キーンが戻り、二人で昼食を食べているところへ彼が入ってきた。疲れているように見える。八時から手術を続けてきたのだから無理もない。しかし、フローレンスが最初の患者を案内するころには、彼は疲れを振り払い、同情的な落ち着いた態度で患者に接するようになっていた。

最後の患者が五時少し前に帰ったので、フローレンスは彼にお茶を運んだ。

彼女が入っていくとミスター・フィッツギボンは顔を上げた。「ぼくはコルバート病院へ戻るよ。明日の朝いちばんの予約は九時だね？　もしぼくが遅れたら、いつもどおりのことを言っておいてくれ。ところで、水曜日にはリッチフィールドへ行かなくてはならない。嚢胞性線維症《のうほうせいせんいしょう》の女の子を診るんだ。かなり前からぼくの患者なんだが、両親が無理に退院させてしまったんだ。扱いにくい子供だから、君に一緒に行ってもらいたい。一泊するかもしれないから、旅行鞄《かばん》を持っていくことだな。午前中の診察をすませて昼ごろ出発だ。地元の医師と二時半に会う約束をしてある」

「制服で行きましょうか、先生？」

「ああ、もちろん。そしてできるだけ気むずかしく厳格に振る舞ってほしい。その子は両親と年取った乳母に甘やかされてはいるが、冷静な指示にはまともに応じてくれるんだ」

「はい、先生」フローレンスは部屋を出た。二日ほど診療所から離れて過ごすのもいいかもしれないわ。これじゃ、なんだか仕事をさぼりに行くみたい……。ミセス・キーンが台所でお茶を飲んでいたので、フローレンスもカップを満たした。「リッチフィールドへ行くことになったわ。あなたの予想どおり、ひと晩泊まることになりそうよ」

「ああ、フィービー・ビリヤーズね？　ブライス看護師はいつも閉口していたわ。とても気むずかしい子で、病院での治療に両親が大反対なの。コルバート病院に入院中はよくなりかけていたんだけど、リッチフィールドへ引っ越したときに退院してしまったのよ。先生はそれでも治療を続け、あの子をできるだけ元気にしてやろうと努めていらっしゃるの」

「だからわざわざ遠くまで診察に行かれるのね？」

「ええ、三カ月ごとにね。簡単にあきらめるような先生じゃないから」

翌日は順調に過ぎていった。ミスター・フィッツギボンが帰ろうとするとき、フローレンスは尋ねた。「明日、ミセス・トウィストのところへ旅行鞄を取りに帰る時間はありますか？」

「なさそうだ。ぼくは早く出発したいのでね。途中で何か食べることになるから、化粧や髪を直したいのならそのときにすればいい」

先生には奥様が必要だわ、そうしたら女性の気持に察しがつくようになるかもしれないもの……。

ミスター・フィッツギボンが車を出したのは十二時十分前だった。横に座ったフローレンスは、昼食のことは考えまいと努力した。誰かほかの人になら空腹だと言えるが、彼の横顔は食べ物などに関心がないことを示している。彼の頭の中は、ロンドンを出ることだけでいっぱいなのだ。

近道をするために同じような道路を出たり入ったりしているので、フローレンスは道に迷ったのではないかと思っていた。すると突然M一号線に出て、彼はアクセルを踏み込み北上を始めた。

「君はよけいなことを言わないから好きだよ」彼は驚くべき発言をすると再び口をつぐんだ。フローレンスのことをほめたつもりなのか、ほっとした気持を表しただけなのかはわからない。どちらにしても黙っているほうが賢明だ。

かなり走ってルートンの郊外まで来ると、彼は速度を落とし、トディントン・サービスステーションへ入っていった。

「二十分だけとまるよ。さあ、降りて」

二人は広くてにぎやかなカフェテリアに入った。フローレンスがテーブルにつくと、彼がきいた。「コーヒーとサンドイッチ？　何がいい？」

「チーズのを。それからコーヒーでなく、お茶をお願いします」フローレンスは歩いていく彼の背に向かって言った。

彼は間もなくトレイを持って戻った。二人分のサンドイッチとコーヒー、それにお茶の入った小さなポットがのっている。フローレンスは彼が好きになった。

「ここは君を連れてきたいような場所じゃないんだが、あまり時間がないんだ。その埋め合わせに、いつか夕食に招待させてほしいな」

フローレンスはいっそう彼が好きになった。「充分満足です、先生。このサンドイッチもお茶もとてもおいしいですから」

彼が用意はいいかときいたのでフローレンスは急いで二杯めのお茶を飲み終え腰を上げた。

「車のところで待ち合わせましょう……すぐ行きますから」彼が微笑したのには気づかずに、フローレンスは素早くその場を離れた。彼はエリノアのことを考えていた。彼女だったらお化粧直しと称して、十分は戻らないだろう。もちろんこんな場所へ来ることには、絶対に同意しなかったに違いない。

ミスター・フィッツギボンが車に戻るころ、フローレンスは化粧室を出て急いで彼のほうへ向かっていた。彼はその様子をずっと見ていた。

彼はドアを開けてフローレンスを乗せてから隣に座った。昼食時間だから道路は込んでいない。ロールスロイスは時速百十キロでぐんぐん走っていく。フローレンスは、翌日出ることになっている最初の給料の使い道を楽しく考えていたが、リッチフィールドの標識を見て驚いた。ミスター・フィッツギボンが高速道路をあとにして言う。

「あと二十キロほどだ。フィービーに会う前に、五分ぐらいは時間があるはずだよ」ちらっとフローレンスのほうへ目をやる。「君は非常に身だしなみがよくてきちんとしているね」

「当然です」フローレンスは厳しい口調で言った。「そうでなかったら、先生に雇っていただけるはずがありませんから」

「そうだな。ところで……君は勤めを続けるつもりかい？」

「ええ、もしわたしの仕事ぶりにご満足なら」

「時間をかけたら、君とぼくはいずれうまくやっていけなくもないと思うがね」

その場で辞職届を出したくなるような威圧的な言い方だった。

ビリヤーズ一家は町から二、三キロ離れたところに住んでいた。二重の門を通ると、絵にかいたような見事な庭園が見えた。すぐに雑草におおわれてしまう牧師館の庭とは大違いだ。家屋も同様に美しい。純白の壁とぴかぴかの窓とつややかなペンキのせいで、まるで舞台装置のように見える。ミスター・フィッツギボンはそんな周囲の様子には目もくれずに車から降り、フローレンスのためにドアを開け、彼女を連れて幅広いポーチのほうへ歩いていった。

きちんとした装いのメイドの案内で、二人は玄関ホールを通り、天井の高い大きな部屋へ入った。庭に向かってガラス戸が開けてあり、モダンな椅子やガラスのテーブルが置いてある。樫《かし》やマホガニーの家具に囲まれて育ったフローレンスはたじろいだ。

男性と女性が現れた。二人ともその室内と同様にモダンな感じだ。女性のほうは上品な身なりで、化粧もヘアスタイルも美しく仕上がっている。

まずミセス・ビリヤーズが口を開いた。「ようこそ、先生。ギブス先生は間もなく見えるはずですわ」フローレンスのほうを見る。「新しい看護師さん？　前の人はどうなさいましたの？」

「ブライス看護師は結婚するので辞めました。ミセス・ビリヤーズ、ネピア看護師をご紹介します」

彼女はフローレンスのほうを見もせずにうなずいた。「さあ、座って飲み物を召し上がって。看護師さんは泊まるお部屋へ行ってもらうとよろしいわ」

「診察の前に、彼女にフィービーを会わせたいんですが」ミスター・フィッツギボンの礼儀正しい態度はひどく冷たい。

「あら、必要なら仕方ありませんわね。フィービーは乳母と一緒にいますのよ。看護師さんを二階へ案内させますわ」

「ぼくもついていったほうがよさそうだ。ギブス先生が見えたら知らせてもらえますか」

ミセス・ビリヤーズは笑って肩をすくめた。「先生のご判断にお任せしますわ」彼女は黙りこくっている夫のほうをちらっと見る。「アーチー、呼び鈴を鳴らしてくださる？」

メイドが二人を二階の子供部屋へ案内した。そこは少しくたびれた感じの家具が幾つも置かれた心地よい部屋だったが、やや温かすぎた。窓は全部閉まっているし、暖炉には必要もない火が燃えているのだから当然だわ、とフローレンスは思った。

フィービーは、塗り絵の本と絵具を前にしてテーブルについている。その向かい側には、青白い、丸顔の年老いた女性が座っている。彼女は立ち上がってミスター・フィッツギボンに挨拶《あいさつ》をしてから、フローレンスをじっと見た。

彼の魅力的な振る舞いに影響されてか、乳母はやがて緊張を解き、フローレンスに会釈をした。彼女はフィービーに、小さなレディーらしく〝はじめまして〟と言わせようとしている。

「ハロー」フィービーはそう言うと再び塗り絵を始めた。かわいらしい子供なのに、病気のせいで顔色はすぐれず、目が大きすぎて栄養不良児のように見える。

ミスター・フィッツギボンがただちにきいた。「排膿《はいのう》処置はうまくいっているのかな？」

「あの、先生、もうやめましたの。フィービーがいやがりますのでね、かわいそうに。年取った乳母とこの温かい部屋にいるのが好きなんですよ。ね、フィービー？」

フィービーはそれには答えず、横目でフローレンスを見た。「この人は誰？」

「ネピア看護師はぼくを手伝いに来てくれたんだよ。ギブス先生ももうすぐ来られるからね」

「わたしはいやよ」フィービーが言う。

フローレンスは隣に腰を下ろして明るくきいた。「どうして？　言ってみてちょうだい」

「だって……」

「わたしたちはわざわざ遠くから来たのに、あなたがいやがったらまた車に乗ってロンドンへ帰らなければならなくなるわ」フローレンスは絵筆を取り上げて象を真っ赤に塗り始めた。

「赤い象なんかいないわよ！」フィービーが軽蔑《けいべつ》したように言う。

「ええ。でもときには間違ったことをするのもいいものよ。ばらは赤いわ……あなたは毎日お庭に出て、ばらのにおいをかいでいるの？」

「わたしは病気だからだめ」

「だからミスター・フィッツギボンが診察にいらしたのよ。もうそれほど悪くないとおっしゃるかもしれないわ。そうしたらお庭へ出られるわね」

フローレンスは象を塗り終わると、しまうまに紫色の筋を入れ始めた。

フィービーがくすくす笑う。「あなた、好きよ。前の看護師さんは嫌いだったの。かみついちゃったわ」

「でも今日は誰にもかみつかずにすむわ。あなたはだんだんよくなってきているんですもの」

乳母と話していたミスター・フィッツギボンが振り向いて尋ねた。「かみつかれるのが怖くはない、フローレンス？」

「わたしですか、先生？　いいえ、全然。どちらにしろわたしは、いつもかみつき返すことにしてるんです」

彼は笑ったが、乳母は眉をひそめている。ちょうどそのときギブス医師が入ってきた。

優しい顔をした年配の医師で、ミスター・フィッツギボンに温かく挨拶をした。

「こちらはブライス看護師の後任のネピア看護師です。診察をすませてから、あとで状況の検討をしましょうか？　ぼくたちは今夜ここで一泊する予定です。明朝ネピア看護師が排膿処置をして、経過を知らせてくれますよ。しばらく中止になっていたそうですね」

「ええ、その話はあとでしますよ」ギブス医師はフローレンスと握手をした。「乳母に異存がなければ、フィービーの部屋へ行きましょう……」

フィービーは気むずかしい子供なので、診察には必要以上の時間がかかった。フローレンスはできるかぎりがまんして、知恵をしぼって、彼女を落ち着かせ、じっとさせようと努めた。やがて二人の医師が出ていくと、フローレンスはフィービーに服を着せてやり、疑わしい顔をしている乳母に引き渡した。

フローレンスは、翌朝フィービーを起こさなければならないことを説明してから乳母の文句をおとなしく聞き、そして言った。「残念ながら、ミスター・フィッツギボンの指示なんです。あなただって、フィービーのためになる治療が最もいいとお思いでしょう？」

かわいそうに病身のフィービーは、もっと長く入院して治療を続ければずっと生きていかもしれないのに……。フローレンスはそう思いながら階下へ下りていった。乳母はいずれ、ミスター・フィッツギボンが指示したことを無視して、勝手に好きなことをするに決まっているわ。

誰の姿も見えないので、フローレンスはどこへ行って何をしたらいいのかわからなかった。先生がたはたぶん診察の結果を検討しているか、ビリヤーズ夫妻とお茶を飲んでいるかだわ。彼女は玄関を出ると、整然と手入れされた小道をぶらぶら歩いていった。ここを歩いた人など誰もいないみたい……。

ミスター・フィッツギボンは応接室の窓際に立って、午後の陽光を浴びながら歩いているフローレンスを見ていた。ミセス・ビリヤーズは、彼が指定した治療が適切に行われているかどうかを確かめる気力などないといらいらした口調で言ってから、自分自身が病身であることをつけ加えた。キャップをのせたフローレンスの赤銅色の髪が、光を受けてつやつやと輝いている。堅苦しい制服を着ているにもかかわらず、その姿はばらの花壇にぴったりのように思えた。

ミセス・ビリヤーズが不機嫌な声で言う。「さあ、お茶にするべきでしょうね。お座りになって、先生、それからギブス先生も。看護師さんもお茶を飲むかしら?」

「ネピア看護師は庭を散歩中ですが、喜んでいただくと思いますよ」

「アーチー、彼女を呼んできてくださる?」

お茶を飲みながらの会話はぎこちなく、フィービーの話は出なかった。しかしティーカップが片づけられると、ミスター・フィッツギボンが穏やかに言った。

「ぼくはネピア看護師と庭に出て明朝の相談をして、フィービーのことを話し合います」

建物をあとにすると彼がきいた。「どうだね?」

「どうって何がですか、先生? フィービーのことなら、治療がされないままになっていてとても残念だと思います。病院へ戻って治療を続けることができたら……強要はできないんですか?」

「フィービーの部屋に住み込みでもしないかぎり、事情を変えることは不可能だよ。看護師を雇って世話をさせたらと勧めたんだが、ミセス・ビリヤーズは、乳母が同意しないに決まっていると言い張って相談に乗ってくれようともしない。ギブス医師ができるかぎりのことはしているが、いやがる患者や患者の両親に、治療を無理強いするわけにはいかないんだよ」

「わたしが明日の朝フィービーを起こさなければならないので、乳母が怒ってるんです」

「だろうと思った。ぼくもついていこうか?」

「朝の六時に?」フローレンスは彼を見上げた。「そんなこと、だめです」

「九時に出発したいんだ。ギブス医師は八時半に見えるよ。それまでに用意ができるかい?」

「はい、先生」

「周囲に誰もいないときには〝先生〟はやめてもらえないかな?」

フローレンスは少し考えてから言った。「いいえ、それはできません」

「年寄りになったような気持にさせられるよ」

「お年寄りっぽいところなんか全然ありません」

二人は方向を変え、家に向かって歩き出した。「明日の午後二時に手術がある。手術室看護師が旅行中だから、君に補佐を頼むよ」

「今になって突然そんなことを! 先生は本当に……」フローレンスは叫んだ。

「なんだね?」ミスター・フィッツギボンが優しくきく。

「なんでもありません、先生。どういう手術なんですか?」

「肺葉切除だ。できそうかい?」

「一生懸命やります、先生」フローレンスは快く答えたが、ブルーの瞳はぎらつき、ほおは紅潮していた。

「機嫌を損ねた君はびっくりするほど美しいな」ミスター・フィッツギボンはそう言いながら、フローレンスのために応接室のドアを開けた。

フローレンスは子供部屋の近くの部屋をあてがわれた。快適だがホテルの寝室のように味気ない感じだ。隣に浴室があったので、夕食前の一時間を熱いお湯につかって、ミスター・フィッツギボンのことを考えながら過ごした。とぎれとぎれの記憶が頭に浮かぶ——会話の端々、彼が楽しい話し相手から冷ややかな医師に変わる様子、巧みな運転、トラックに乗っていた男の救出。「この調子では彼を好きになりそうだわ」フローレンスはつぶやきながら、浴室の鏡に映った、ロブスターのように赤くなった体を見つめた。

のちにベッドに入ってうとうとしながら、フローレンスは今夜のことを思い出していた。食事は非常に格式張ったものだった。ミセス・ビリヤーズは自分のデリケートな健康状態について話したが、彼女の夫はあまり会話に加わってこようとしなかった。また、ミスター・フィッツギボンは礼儀正しく適切なことを適切なときに言っていた。フローレンスは話しかけられたときだけ返事をし、聞き耳を立てているかのように取りつくろいながらあれこれほかのことを考えた。いろいろな思いが巡り、ミスター・フィッツギボンのことに落ち着いたころ、フローレンスは眠りに落ちた。

翌朝二人は九時に出発した。おそろしく大変な朝だったので、車が道路へ出たときにはフローレンスはほっとした。とてもわがままなフィービーが、乳母のせいでいっそうわがままになっている。フローレンスは、彼女を甘やかすのは事情を悪化させるだけだと乳母に言いたかったが、それはミスター・フィッツギボンがすでに説明したに違いない。彼がギブス医師とビリヤーズ夫妻に話をしている間に、フローレンスはひとりで朝食をとった。

彼の険しい横顔をちらっと見て、フローレンスは何か言われるまで黙っていたほうがよさそうだと悟った。高速道路に続く道を半分以上行ってから、彼は初めて口を開いた。

「ギブス医師が今後もあの子の入院を勧めるはずだが、どうも手遅れになりそうだ」

「かわいそうに」

「君はよくやってくれた。君がもっとまともに扱ってもらえなかったことが残念だよ」

「そんなことは構いません」

「君は優しい人だ。ひと言も文句を言わなかったね。ミルトン・ケインズでとまって、コーヒーを飲むことにしよう」

M一号線に入ってからはほとんど黙ったまま走り続けたので、フローレンスは手術室でのテクニックを頭の中で復習することができた。

ミルトン・ケインズで二人はゆっくりコーヒーを飲み、ロールパンを食べながら、取りとめのない話をした。それから帰路の残りはほとんど無言で過ごしたが、フローレンスには快い沈黙だった。二人の間に親近感が芽生えたのかもしれない。そうだといいけれど……。フローレンスはそんなことを考えている自分にびっくりした。

5

ミスター・フィッツギボンは診療所に着くなり、ミセス・キーンが丁寧に書き残していた伝言に目を通した。そしてフローレンスに、コルバート病院へは遅くとも一時十五分までには行って、手術の前に器具を全部調べておくようにと言って去っていった。

わたしの昼食はどうなるのかしら。フローレンスは心配になって、ミセス・キーンにきいた。「ミセス・トウィストにサンドイッチを作ってもらいに行くべきかしら? 昼間帰ると、あまりいい顔をされないんだけど……」

「そうだろうと思ったわ」ミセス・キーンが得意そうな顔で言う。「ソーセージロールを買っておいたわよ。ブライス看護師がよくおなかをすかせて戻ることがあったのを思い出したの。お湯がわいているから一緒にお茶を飲みましょう。その間にこうなったいきさつを全部話してちょうだい」

コルバート病院へ行くバスに乗る前に、フローレンスは予定表を見た。夕方、患者が二人来ることになっている。手術は四時までには終わるだろうが、器具を点検して、そのあと消毒と再包装に回さなければならない。最初の患者は五時の約束だから、運がよければそれまでに診療所へ帰れるかもしれない。制服に着替えるのにどれだけ時間がかかるかしら、などと考えながら、フローレンスはバスの停留所の列に並んだ。

手術室看護師として数カ月勤めた経験はあるものの、どう受け入れてもらえるかと不安に思っていたフローレンスだが、心配する必要などなかったことがわかった。スタッフの看護師は新顔で、びくびくしている。

「あなたがいてくれてよかったわ」彼女がフローレンスに言った。「怖いの。彼に見つめられると……」

「ええ、そうね」彼の目ははがねのように見えるときもあれば、温かく愉快そうに見えるときもあるわ。そう思いながらフローレンスは答えた。「わたしは手術台の用意をするわ」

フローレンスが車つきの手術台を押して入っていくと、麻酔医がフローレンスのことを覚えていてくれて、気さくに会釈をした。「やあ、フローレンス、よく戻ってきたね。またここで働く気はないのかい?」

彼は患者の様子を見てからスツールに腰を下ろし、フローレンスがかぶりを振るのを見て言った。

「フィッツギボンのところで働いているんだろう? 彼は幸運な男だな!」

フローレンスはマスクの下でほほ笑んだ。ミスター・フィッツギボンの耳に入らなかったのが残念だわ。やがてグリーンの手術着を着たミスター・フィッツギボンが入ってきた。皆を見下ろすくらい背が高い。彼は皆に機嫌よく挨拶《あいさつ》すると手術に取りかかった。彼が愛想を振りまいたおかげで、すっかり圧倒されてびくびくしていた研修医も若い看護師も効率よく仕事ができるようになった。彼は悠々と落ち着いて手術を進め、フローレンスは昔の経験から、彼が手を伸ばす前に器具を渡すことができた。

無事手術が終わり、好調な半日だったわ、と思いながらフローレンスが消毒に回す前の器具を点検しているとミスター・フィッツギボンが手術室へ戻ってきた。

「あとどのくらい時間がかかる？」

「わたしですか？　十五分です、先生。最初の患者さんが見えるまでには戻ります」

「十五分以上かからないようにしてくれ……前庭で待っているから」

「そんな必要は……」彼と目が合った。冷ややかな目だ。「わかりました、先生」フローレンスは表面的にはおとなしく言った。

フローレンスは落ち着いて仕事を終え、着替えて前庭へ出ていった。

彼は車のボンネットに寄りかかって夕刊を読んでいる。フローレンスが行くと、彼はそれをきちんとたたんでからドアを開けてくれた。フローレンスの横に座り、エンジンをかける前に言う。「よくやったね、フローレンス」

「ありがとうございます、先生」フローレンスは適度につつましく礼を述べた。

患者が来るまで少し時間があった。お茶が用意されていたのはありがたかった。「お茶がはいりました、ミスター・フィッツギボン。ビスケットも買っておきましたよ」ミセス・キーンが明るく言う。

「ありがとう、ミセス・キーン。二人めの患者は五時半の約束だね？　彼が来たら帰ってくれていい。必要なことはフローレンスがするから」

「フローレンスさえよければ……」

「いいわよ。どっちみちすることは少ししかないから」フローレンスは食べたそうにビスケットを見た。「お茶を飲む前に着替えるわね」

ミスター・フィッツギボンが戸口で足を止めた。「昼食はすませたのかい？」

「ミセス・キーンがソーセージロールを買っておいてくれました」

「ソーセージロール？」フローレンスの均整の取れた体を、彼は考え深げにながめた。「その体格には不充分な食事じゃないか、フローレンス」

フローレンスが腹立たしげに息をのんだのは耳に入らなかった様子で、彼は向きを変えて歩き去った。

フローレンスは患者が来る前に、お茶を三杯とビスケットをほとんど全部平らげた。患者は若い女性だった。夫がつき添ってきている。彼女はびくびくしているために、ミスター・フィッツギボンの優しい問いかけにもなかなか答えられないようだ。傍らでフローレンスは、お茶を飲んでいるときにミセス・キーンが教えてくれた驚くべき話のことを考えていた。彼はコルバート病院に外来のクリニックを構え、そこで週に二回手術をするだけでなく、ベスナル・グリーンにもクリニックを持っていて、いろいろな慈善グループから送られてくるホームレスの人たちを診ているのだそうだ。引退した看護師や地元の医師やソーシャルワーカーたちが、自発的に彼を手伝っているということだった。

「この話はしちゃだめよ」ミセス・キーンが警告した。「先生はこのことを誰にもおっしゃらないの。もちろんわたしには話してくださるけど。わたしが請求書や家賃を扱ってるのでね。先生は大勢の人を助けてらっしゃるのよ。お金をあげたり、仕事を見つけたり、住むところを探したりして。お忙しいのに、どこにそんな時間があるんでしょうね」

フローレンスが患者とその夫を送り出し、二人めの患者が来ると、ミセス・キーンが帰っていった。

最後の患者はみすぼらしい身なりの老人だったが、とても上品で礼儀正しい。彼はクラークと名乗ると、待たされる覚悟をした様子で椅子に腰を下ろした。

「先生、ミスター・クラークです」フローレンスは滑るように診察室へ入って言った。

「ああ、そうか。入ってもらってくれ。君はいる必要ないから、あと片づけを始めるといい」

フローレンスはむっとした。あと片づけはわたしの仕事よ。いつ何をするべきかぐらいわかってるわ。

彼は何か書きながら目を上げずに言った。「何か言いたいことがあるのかい？」

「ええ、でも言わないことにします」フローレンスは答え、ミスター・クラークを案内して待合室へ行った。

ドアを閉めると、ミスター・フィッツギボンの落ち着いた優しそうな声が聞こえた。

「ミスター・クラーク、よく来ましたね……」

フローレンスは診察室を離れ、あと片づけを始めた。することはたいしてない。明朝の用意をしてから予定表を見に行った。ミセス・キーンに宛《あ》てた紙切れが中に挟み込んである。ミスター・フィッツギボンの筆跡だ。〝家庭の事情でコルバート病院の外来へ行けなかったミスター・クラークのために予約を入れるように。診察料はなし〟

フローレンスはそれをもとの場所に戻した。ミスター・フィッツギボンを嫌いになることがだんだんむずかしくなってきた。

インターホンで呼ばれたので、フローレンスは戻って、ミスター・クラークの体重、血圧、脈搏《みゃくはく》、呼吸を計って書き留めた。彼はひどく動揺しているが、それを顔に出すまいと努力している。フローレンスは仕事を終えると一度部屋を出てまた戻り、彼を送り出した。それからゆっくりと検査室を片づけた。心身共に疲れたわ。今夜は夕食をすませたら本を持ってベッドにもぐり込もう。明日の予約はぎっしりつまっているから、夜の列車に乗ることはきっと無理ね。土曜の朝乗って、午後母をシャーボーンへ連れていき、洗濯機を買おう。制服のポケットに入れた給料袋に触れながら、フローレンスは思った。勤務時間は不規則でもその価値はあるわ。

フローレンスは片づけが終わったので、ドアをノックしてミスター・フィッツギボンの部屋へ入っていった。「ほかに何かご用はありますか、先生?」

彼は書きものをしていたが、ファイルを閉じた。「何もないよ。これだけ忙しい一日を過ごしたら、まともな食事をするのが当然だ。ぼくはこれを終えたらうちへ帰るが、一時間後にミセス・トウィストのところへ君を迎えに行くよ」

「わたしを夕食に招くとおっしゃるんですか?」

彼は顔を上げた。「ああ、もちろん。はっきりそう言ったつもりだがね」

フローレンスはためらった。これは招待というより命令だわ。しかし彼との食事は、ミセス・トウィストの平凡な料理よりおいしいに決まっている。「ありがとうございます、先生。喜んで行きます」

「よし。それから、先生呼ばわりはやめてくれ」

「はい、ミスター・フィッツギボン」フローレンスは少しはにかみながらきいた。「着飾らないといけませんか?」

彼の形のいい口がぴくぴく動いた。「いや、ここから五分ほど歩いていくと、ウィッグモア通りにいい店があるんだ」フローレンスを見つめてにっこりする。ゆったりした穏やかな微笑だ。「疲れただろうね？」

「一時間以内に支度をしておきます、ミスター・フィッツギボン」フローレンスは部屋を出ると急いで着替えをすませ、ミセス・トウィストのところへ戻った。フローレンスは、彼女の手料理を今夜は食べないことになったと説明して謝るつもりでいたのに、ミスター・フィッツギボンがすでに電話で連絡していた。ミセス・トウィストは笑顔で出てきて、帰りは遅くなるかどうか尋ねた。

「いいえ、彼もわたしも疲れているし、明日の予約はぎっしりつまっているんです。金曜の夜はここに残って、土曜の朝の列車に乗らなくてはならないかもしれません」

「また先生に送っていただいたら？」ロマンチストのミセス・トウィストが言う。

「とんでもない。ミセス・トウィスト、今お湯を使ってもいいかしら？」

「どうぞ。せいぜいおめかしをなさい」

フローレンスは入浴してさっぱりしたあと、適当な服を探した。残念ながら、ミスター・フィッツギボンはどういうレストランをいい店と見なしているのか見当がつかない。グリーンのクレープのワンピースと対のジャケットに決め、赤銅色の髪をシニョンにまとめた。白いサンダルをはき、小さな白いハンドバッグを持つと、階下へ下りていった。

ミスター・フィッツギボンは、ミセス・トウィストの応接間で愛想よく話をしていた。

彼は薄手のスーツに着替え、いつもほど地味ではないネクタイをしめている。純白のそで口にそれとなく光っているのは金のカフスボタンだ。とてもすてきだわ。フローレンスは思った。あのエリノアという女性が追いかけるのも無理ないわ。フローレンスが入っていくと彼は立ち上がった。

「やあ、フローレンス、いつもどおり時間に正確だね」彼はミセス・トウィストに別れの挨拶をし、フローレンスを外へ連れ出す。「歩いてもいいかな? すぐそこなんだ。車のほうがいいのなら、診療所の前にとめてあるけど」

「歩くほうがいいわ。散歩をする時間など、あまりありませんものね」

「そうだな。うちではよく散歩をするのかい?」

「ええ、何キロも。自転車にも乗りますけど。父の管轄内にはガッセージ・トラードのほかにふたつの村が含まれているんです。わたしが教会のメンバーのお茶の会や聖歌隊の練習を手伝いに行くときには、自転車が便利なんです」

「田舎の生活が好き?」

「あの牧師館で生まれて育ちましたから。シャーボーンの学校で寄宿舎生活はしましたけど。コルバート病院へ養成に来たときロンドンは嫌いでした」

「住みよい区域とはいえないな」

静かで上品な街路を歩きながら、フローレンスは辺りを見回した。「でもここは違うわ。

この辺になら誰だって満足して住めるでしょう。わたしは田舎が恋しくなりそうだけど……」

「田舎に週末用のコテージがあれば、そういった問題は解決するんじゃないかな?」

フローレンスは笑った。「そうですね。この辺のほかにどこかこぎれいな村にも住まいを持っているような、裕福な男性を探すことにします」

「この地域には裕福は男は大勢いるよ」

「そうでしょうけど、そんな人に会う機会がわたしには全然ありません」フローレンスは彼を見上げて笑った。「ときにはこんなばかげた話をするのもいいですね」

二人は細い横道に入り、やがて小さなレストランに続く階段を下りていった。テーブルには純白のクロスがかかり、つやつや光るナイフやフォークが置かれ、キャンドルに明かりがともされている。フローレンスは、まともな身なりをしてきてよかったと思いながら、腰を下ろして辺りを見回した。きれいな室内の白い壁には美しい花の油絵がかかっている。椅子は座り心地よく、テーブルの間隔も狭すぎない。ウェイターのサービスは上々だ。

立派なメニューには値段が書かれていない。かなり高そうだわ。何を注文したらいいのかわからない。

「君はどうか知らないが」ミスター・フィッツギボンが言う。「ぼくは空腹なんだ。かにのムースで始めて、子羊のノワゼットはどうかな? この店は非常に味のいいソースをかけて出すんだ。デザートはあとで選んだらいいね？」

フローレンスはほっとしてすぐに同意した。

彼はテーブル越しにフローレンスを見てほほ笑んだ。彼女は実に魅力的だった。キャンドルの光のせいで髪が金髪にきらめいている。服は新品でも最新流行型でもなく、装身具はプレーンな金鎖と腕時計以外に何もつけていない。彼は知らず知らずのうちにエリノアと比較していた。エリノアは今夜電話してきて、どこだかのパーティーに連れていってほしいと言っていた。彼女とはなんとなく数年つき合ってきて、愛してはいないけれども、結婚することも考えていた。妻と家庭と子供が欲しい。しかしエリノアとではない。数週間前からそんな気持が強まっていたのだが、彼は無視してきた。しかし、今フローレンスを見ながら、はっきりと悟った。

彼は子羊を食べながらいろいろな話題を出して、取りとめのない会話を始めた。「読書は好き？」

フローレンスはグリーンピースを口に入れる。「ええ、なんでも手当たりしだいに……」

「詩は？」

「ジョン・ダンとブラウニング、それからヘリックが気に入ってます。でも小説のほうが好きです」

「『ジェーン・エア』、『高慢と偏見』、『嵐《あらし》が丘』、そしてM・M・ケイの作品なんか？」

「どうしてわかったんですか？　ええ、全部読みました。穏やかな本が好きなので」

「なるほど。君は穏やかな人だ。牧師の娘だからだろうか？」

フローレンスは真剣に彼の言ったことを考えた。「ええ、たぶん。でもかんしゃく持ちなんです」

「ぼくもだよ。でもそれをコントロールできると、自負してはいるんだが。よほど腹の立つようなことを言われないかぎりはね」

「そんなことはめったにないんでしょう？　皆、先生の思いどおりに動いてくれているように見えますもの。もちろん先生はとても偉いかたですからね」

フローレンスがほほ笑みながら顔を上げると、はがねのようなグレーの瞳と目が合った。

「ぼくをおだてる気かい、フローレンス？」

フローレンスはおじけずに言った。「とんでもない。そんなことをしても仕方がないでしょう？　とにかく事実なんです。でも、気を悪くされたのならごめんなさい。考えなしに口をきいてはいけないといつも父に言われてるんです」

「謝らなくてはならないのはぼくのほうだよ。考えなしに言いたいことを言ってもちっとも構わない」

「もちろん勤務時間中は別ですよね」

「これでこの問題は解決したから、デザートを決めようじゃないか。苺《いちご》を添えたビスキユイ・グラッセとクレーム・ブリュレとどっちがいい?」

「ビスキュイ・グラッセをお願いします。クレーム・ブリュレならうちで作れますから……」

彼は考えてみた。エリノアは料理を作ったりするのだろうか。今まで知る機会がなかったが、たぶんしないだろう。こんな楽しい思いをしたのだから、またこういう機会を作りたいものだ。

二人はデザートを食べ、コーヒーを飲んでから帰途についた。ミセス・トウィストの家のドアの前で、彼はフローレンスから鍵《かぎ》を受け取った。「バスターに注意しないといけないかな?」

「いいえ、バスターはミセス・トウィストと一緒に二階にいるはずです」フローレンスは彼から鍵を受け取った。「ごちそうさまでした、ミスター・フィッツギボン。楽しい夜でした」

「どういたしまして、フローレンス」

彼がドアを開け、フローレンスは中へ入った。「おやすみなさい」

「おやすみ、フローレンス」フローレンスがドアを閉めるとき、彼は静かに言った。

翌朝、ミスター・フィッツギボンのまなざしと朝の挨拶があまりに冷ややかだったので、フローレンスの顔からは微笑が消えた。デスクについている彼は、親しみやすかった昨夜の彼とは別人のようだ。フローレンスは自分に何か落度があったのかと思い、ミセス・キーンに尋ねてみた。

「心配しなくてもいいのよ」ミセス・キーンがなだめるように言う。「あなたの仕事ぶりに先生はとても満足してらっしゃるから。何かを——誰かのことを気になさってるのよ。あのエリノアのことかもしれないわ」

「あのお二人はやっぱり婚約中か何かなの?」

「いいえ、そうなる可能性もないわ。先生は彼女を愛してらっしゃらないから。今三十六歳だけど、結婚したいほど好きな人は今までいなかったようよ。だいいち忙しすぎるし、それにあのいかめしさを気にかけないような女性が見つからないとね」

「いつもいかめしいわけじゃないわ」フローレンスは昨夜のことを思い出しながら言う。

ミセス・キーンはちらっとフローレンスを見た。「そうね、でもそれを知っているのは少数の人だけよ。さあ、急げば最初の患者さんが見える前にお茶を飲む時間があるわ。コーヒーの支度をしておくから、あとで先生に運んでちょうだい」

最初の患者が現れた。フローレンスは機械のようにするべきことをすませると、再び用事ができるまで背景に溶け込み、ミスター・フィッツギボンと目を合わせないように努めた。フローレンスは患者が去ったあとでコーヒーを取りに行き、彼のデスクの上にそっとカップを置いたが、急にそれを彼に投げつけたい気持に襲われた。なぜかわからない。しかし、そうすればきっとせいせいしただろう。

午前中の診察が終わると彼は病院へ呼び出され、三十分後に電話をかけてきた。遅くなるので、午後の予約を全部三十分ずつずらしてほしいということだった。

「これで夕方の列車に乗れなくなったわ」フローレンスは不機嫌な口調で言った。「これで二度めよ。母に電話で知らせてもいいかしら?」

電話口で母が嬉《うれ》しそうに言った。「またあの親切なミスター・フィッツギボンが送ってくださるかもしれないわよ」

フローレンスはうなった。「そんな可能性は全然ないわよ。彼はそれほど親切じゃないの」だが、言ってからすぐに後悔した。「心にもないことを言ってしまったわ、お母さん。わたしは勤続できることになったの。お給料ももらったのよ。明日の午後シャーボーンへ行って、洗濯機を買いましょう」

「まあ、ダーリン、すてきね。でもあなたは、お給料で新しい服を買うべきだわ」

「来月買うわよ、お母さん。それじゃ、また明日。お父さんに知らせておいてね」

午後は予約が四つあったが、患者のひとりが遅れるという電話をしてきたので、三十分待たされることになった。フローレンスは片づけられるだけ片づけた。あと二人患者が来るのだから時間の浪費だけれど。彼女は内心じりじりしながら、冷静さを装って、ミスター・フィッツギボンにお茶を運んだ。

「今夜、君はうちへ帰れないな」彼が言う。「気の毒だが仕方がない。例のトラックの男が出血してね、再手術が必要になったんだ」

「まあ、大変でしたね。脚からですか？」

「いや、胸の傷だ。再検査した結果わかったんだが、もう大丈夫だと思うよ」彼が机の上の書類のほうへ目を向けたので、フローレンスはその場を離れた。彼が緊急手術にたずさわっている間中、列車に乗れないことをくやしがっていた自分がひどくわがままに思えた。お茶を飲みながらミセス・キーンにそう言うと、手術のことなど知らなかったのだから、やましい思いをする必要はないと慰められた。

遅刻した患者は検査だけ受けて二十分で帰ったが、最後の患者はその倍の時間を必要とした。夫につき添われたその女性はとても臆病《おくびょう》で、どの検査を受けるにも、なだめ励ましてあげなければならなかった。診察後、彼女が服を着る途中で失神しかけたので、いっそう手間取った。

診察台に座ってフローレンスに慰められながら、その患者は涙声で言う。「なぜこんなことに？　わたしはたばこも吸わないのに。ミスター・フィッツギボンは本当に治してくださるかしら？」

「先生がそうおっしゃったのなら、きっと治りますよ。手術のことはご心配なく。知らないうちにすんでしまいますから。数週間で元気になられますよ。さあ、先生が診察室で何もかも説明してくださいますからなんでも質問なさるといいわ。親切でとても優秀な先生ですからね」

「わたしみたいなおばあさんの愚痴を聞いてくれて、あなたは優しい人ね」

「二、三週間たって、あなたが手術後の検査に見えるのを楽しみにお待ちしています」

その夫婦が去ったあと、フローレンスは検査室へ行ってあと片づけを始めた。それから戸口からのぞき込んで、ミスター・フィッツギボンにコーヒーが飲みたいかどうかを尋ねた。

デスクで仕事中の彼はそれを断った。フローレンスが首を引っ込めたとたん、電話が鳴った。

「電話に出て、誰だかきいてくれないか?」

フローレンスの推測どおりエリノアだった。彼女は甲高い、いらいらした声でミスター・フィッツギボンに替わってほしいと言った。

「ミス・ペイトンです、先生」

彼は何かぶつぶつぶつぶやいて受話器を受け取る。フローレンスは部屋を出てゆっくりとドアを閉めながら、彼の言葉を耳にして満足げにうなずいた。

「エリノア、ぼくはとても忙しいんだ……そんなことは不可能だよ。仕事があるから……」彼はドアの取っ手が音もなく回るのを見て、エリノアのいら立った声には全然注意を払いもせずにほほ笑んだ。

フローレンスは彼の部屋に戻って、何かほかに用事がないかどうか尋ねた。ミスター・フィッツギボンは顔を上げると、何もないからもう帰ってもいいと言って再びペンを取り上げた。会話をする気などまったくないと言いたげな声だ。

フローレンスはてきぱきと言った。「おやすみなさい」列車に乗れなくて残念だったね、ぐらい言ってほしかったのに。エリノアにうるさくせがまれて、どこかの高級レストランで大金を使うはめになればいいんだわ、と思いながら、フローレンスはミセス・トウィストのところへ食事をしに戻った。

ミスター・フィッツギボンは、優美でこぢんまりしたジョージ王朝時代に建てられた家に帰った。診療所から車で十分もかからないところにある。彼は古いけれども仕立てのいいツイードの服に着替えると、妻と共に家事をしてくれている年取ったクリブに、日曜の夜戻ると言った。それから彼は口笛を吹いてモンティーを呼び、再び車に乗り込んだ。

ロンドンを出て、A三〇号線を二時間余り走るとメルズに着いた。この小さい村には美しい教会と領主館がある。わらぶき屋根のグレーの石造りのコテージが立ち並ぶ中では、教会とその館《やかた》が最も目立つ存在だ。ミスター・フィッツギボンは村の中心を通り、狭い田舎道を一キロほど行ってから曲がると、開いたままの門を通過して、広々とした家の前でとまった。その家はほかのコテージと同じようなグレーと黄の石造りだが、屋根は赤がわらでふいてある。開けっ放しの玄関に、背の低い小太りの女性が現れた。丸い赤ら顔で、白髪はぎゅっと束ねている。

「時間どおりにお着きですね、アレクサンダー様。電話をくださったおかげで、お夕食用にとてもいい肉を手に入れることができたんですよ」彼女が言葉を切ると、ミスター・フイッツギボンはかがみ込んで抱きしめた。

「それはいいな、ナニー。顔を見ることができて嬉しいよ」彼はモンティーを車から降ろし、皆で屋内へ入った。板石を敷いたホールから、大きな暖炉と格子窓のある天井の低い部屋へ行く。ドアを開ければ裏庭へ出られる。そこにはばらと夏の花々が咲き乱れ、広い芝生の先には小さな川が流れている。

「おひとりですか？」ナニーがきく必要のないことをきいた。

「ああ、ナニー……」

「田舎がお嫌いなんですね、ミス・ペイトンは？」

「残念ながら彼女にはこういう生活は向かないんだよ」彼が大きな椅子に腰を下ろすと、モンティーが足元にごろりと横になった。「ナニーが言ったとおりだった……」

「そうですとも、アレクサンダー様。いい人が現れるまでお待ちなさいませ」

「現れたんだよ。彼女はまだそれに気がついていないいんだけどね」

ナニーは向かい側にある小さな椅子に座り込んだ。何も言わずに待っている。

「牧師の娘で、ぼくのところで働いている看護師なんだ」

「そのかたのお気持は？」

「好意を持ってくれていると思うよ。最初は違った。今でもはっきりしない表情でぼくを見ていることがある。その反面……」

「せかしちゃいけませんよ、アレクサンダー様」ナニーは腰を上げた。「お夕食を用意しますわ。おなかがぺこぺこなんでしょう？　この犬もね」

彼は翌朝早く起き、朝食の前にモンティーを連れて庭を見て歩いた。ここから一時間足らずでフローレンスの家へ行けるのだ。しかしそれは考えないことにした。朝食後、彼は村へ行って牧師に会い、それから一緒にコーヒーを飲みながら数時間園芸の話をした。昼食がすむとお茶の時間まで芝生で昼寝をした。そのあとモンティーと散歩をし、タルボット・アームズで楽しい一時間を過ごした。夜はナニーが腕をふるって作った夕食を食べて、応接間でくつろいだ。フローレンスのことが頭に浮かぶ。やがて彼は樫《かし》の階段を上がって自分の部屋へ行った。

澄み切った夜空に浮かぶ半月を窓辺で見ながら、フローレンスもこの月をながめているのだろうかと思う。「まるで恋に悩む少年だな」ミスター・フィッツギボンは、つぶやきながら苦笑する。「彼女がぼくのことを考えているはずもないのに……」

フローレンスは月を見てはいなかった。ベッドに横になっていたのだ。だが、日中ときどきミスター・フィッツギボンのことを考えては自分をたしなめていた。「わたしたちには、仕事以外に何も共通点がないのよ」彼女は、ベッドで居眠りをしているチャーリー・ブラウンに言う。「彼はロンドンに住んでいるの。どこか知らないけど――きっと超デラックスなモダンなフラットだと思うわ。彼は高級レストランと大型車が好きで、めったに笑わないのよ。そしてわたしには目もくれないの……」

もちろんそれは思い違いだった。

日曜の昼食のとき、フローレンスに母がきいた。「あの親切なミスター・フィッツギボンは、週末も仕事をなさらなきゃならないの？」

「知らないけど、そんなことはないと思うわ……彼にだってプライベートな生活はあるでしょうから」

「彼が結婚していないとすれば、お友達も大勢いるんでしょうね。ハンサムな独身男性はいつだって引く手あまただから」

フローレンスはそれを考えると急に不愉快になった。「本当にわたしは彼のことをあまりよく知らないのよ、お母さん」例えば彼は診療所を出たあと、どこへ行くのかしら？ 両親と住んでいるの、それともきょうだいと？ そして友達は、あのエリノア以外にもいるはず……。ぜひとも知りたいわ。また彼に興味を持ちすぎている自分に気づいて、フローレンスは午後の残りの時間を庭仕事に費やし、そこへ必要以上のエネルギーを注《つ》ぎ込んだ。その夜うちを去るのはつらかった。けれども、また彼に会えると思うと胸の奥が熱くなった。

月曜の朝、フローレンスが待合室の花を替えているとミスター・フィッツギボンが入ってきた。

フローレンスは、彼を見て嬉しく思った自分に驚いた。金曜の夜の彼の態度が特に温かったわけでもないのに。朝の挨拶をすると彼はそれに明るく応じ、にっこりしたのでフローレンスはほっとした。ミスター・フィッツギボンは真っすぐ診察室へ行くと仕事にかかり、ミセス・キーンが到着するなり呼び入れて口述を始めた。そのあと患者を二人診て、彼はコルバート病院へ向かった。残ったフローレンスとミセス・キーンは午後の準備に忙しくなる。

タイプの手を休めたミセス・キーンが、彼の足音が聞こえなくなるのを待ってから言った。「先生は何か考えごとをしていてうわの空なんだけど、なぜかしら？　いつもすらすらと口述なさるのに、今朝はほかのことにすっかり気を取られてらしたわ」

「あのエリノアが金曜の夜電話をかけてきたのよ」フローレンスは診察台に清潔なシーツをかけながら、開いているドア越しに声を大きくして言った。「でも先生は、彼女との外出は不可能だとおっしゃったの。ほかにもっと好きな人でも見つかったのかしら？」

ミセス・キーンが満足そうに静かな声で言った。「それは確実よ」

6

その日の仕事は順調にはかどっていった。ミスター・フィッツギボンは昼食後すぐに戻り、午後いっぱい患者を診た。ミセス・キーンは、いつもお茶を飲む時間を途中に挟んで予定を組むのだが、今日は休む暇がなかった。五時になるころには、フローレンスは疲れ果てて少し不機嫌になっていた。今夜ひとりで自分の部屋で過ごすことを考えるとうんざりする。ミセス・トウィストは友達と外出するので相手になってくれるのはバスターだけだ。わたしも今夜は出かけよう。どこか静かで小さなレストランで食事をするだけのお金は持っている。バスでオックスフォード街まで行けば好みに合った店が見つかるに違いない。フローレンスは忙しくばたばた動き回ってからお茶を飲み干し、ミスター・フィッツギボンにも届け、ほかに何か用事がないか尋ねた。

彼は顔を上げた。「いや、ないよ、フローレンス。楽しい夜を過ごすことだね。出かけるのかい？」

フローレンスはにっこりした。「ええ、食事に。おやすみなさい、先生」

彼は静かな声でおやすみと言ってから、フローレンスが閉めたあとのドアを見つめた。彼女にどう思われているのかわからないので、いら立ってしまう。自分に好意を持っているかと思えば身を引くし、寛容な娘かと思えば口答えをする気むずかしい女性になったりする。ミスター・フィッツギボンは、フローレンスを妻にしたいということをついに悟った。しかし、巧みな手段を使わないと説得は不可能だろう。ミスター・フィッツギボンはため息をつき、椅子に深くかけ直して、この問題にどう取りかかるべきか思案した。情け深い神の意志が、彼に手を貸そうとしていることには気づかずに。

フローレンスはミセス・トウィストの家に帰り、バスターにえさをやってから自分の部屋へ行った。六時を過ぎていたが、この機会をとらえて入浴した。ミセス・トウィストがお湯にはお金がかかると言うので、彼女の在宅中はシャワーを浴びるだけにしている。たっぷりのお湯にゆっくりつかったあと服を身につけ、髪をシニョンに結い上げてから家を出た。外へ出ると、ミスター・フィッツギボンがまだ診療所に残っていたことを思い出した。彼と顔を合わせたくない。ミセス・トウィストから、診療所のずっと先にあるカベンディッシュ広場のそばに出る近道があると聞いていたので、フローレンスはそこを通ることにした。

それは、小さくて整然とした家屋が両側に並んだ細い道路だった。片側に車がとまっているだけでがらんとしている。のろのろ支度をしたせいで予定より遅くなったが、六月の夕方はまだ明るい。フローレンスは空想にふけっていたので、辺りの家屋がだんだんみすぼらしくなってきたのに気づかなかった。今夜ミスター・フィッツギボンは、エリノアと共に過ごすのだろう。彼女を熱愛しているようには見えないけれど、巧妙な彼女のおかげでそれに気づいていないんだわ。男性は非常に頭がいいとかなんとかいっても、ときにはいろいろなことがまったく見えなくなるらしい。フローレンスが辺りを見回すと、こぎれいな通りがごみだらけのみすぼらしい路地に変わっているのに気がついた。道を間違えたに違いないわ。しかし車が行き来する表通りが前方に見えたので、彼女はほっとした。フローレンスは急ぎ足で歩き始めたが、そのとき、あとをつけられていることに気づいた。

振り向きも駆け出しもしなかった。もうすぐこの道を出られるから、もし助けが必要なら叫べばいいのよ。おじけづいたところを見せたら、背後の男をけしかけることになりかねないもの。

フローレンスはその男がどこまで近づいているか知らなかった。すると突然彼女の肩を、大きな重い手がつかんで動けないようにした。

ミスター・フィッツギボンは、信号待ちをしている車の列の最後尾について、漠然と辺りをながめた。この落ちぶれたみすぼらしい一画が、優雅な町並みに囲まれていることをふしぎに思ったのはこれが初めてではない。ちょうどそのとき、いわば神意が彼の肩に手をかけた。彼が車の横の道に目を向けると、赤銅色の髪が目に飛び込んできた。彼女が危機にさらされている。ミスター・フィッツギボンは、フローレンスのもとへ駆けつけることだけしか考えずに車から飛び出した。彼は大柄だったが、非常に機敏だった。フローレンスが男をけとばすのが見え、男が悲鳴をあげた。ミスター・フィッツギボンは、その男につかみかかると激しく揺さぶった。

「二度とこんなことはするな」冷静に言う。「そうでないとひどい目に遭うぞ」彼は手を放すと、男が路地へ駆け込むのを見てから、フローレンスのほうを向いた。

「こんな裏通りで、いったい何をしていたんだ？　危険に身をさらして。君ほど目立つ女が……」

フローレンスは息をのんだ。憤然とした冷たい声で目立つ女と呼ばれてショックを受けた。かんしゃくが爆発しそうになる。かすかに体が震え、やや顔が青ざめ、少し声が震える。しかしそれはおびえたせいではなく、腹が立ったからだった。

フローレンスは威厳たっぷりに言った。「わたしは目立つ女じゃありません」

「それは車の中で議論することにしよう。ぼくは交通妨害でつかまりかねない」

彼はフローレンスの腕をとらえていやおうなく引っ張っていくと、無言で車の中へ押し込んだ。

「いやです、わたしはそんな……」フローレンスは言いかけたが、彼は車に乗り込んで運転を始めた。

「車も警察も通らなかったのは奇跡だな」彼は言ったが、もちろんこれは奇跡ではなく、神意だった。

彼はカベンディッシュ広場からリージェント街、ピカデリー、そしてパーク通りを経てナイツブリッジに入った。

それまで無言でぷりぷりしていたフローレンスが口を開いた。「ここはナイツブリッジだわ。なぜわたしをここへ？」

彼は返事をせずに静かな横道へ入っていく。間もなく細い並木道に出た。少し小さめだけれど、壁を白く、ドアを黒く塗った優雅な家々が並んでいる。彼はその最後の一軒の前にとまって車を降り、ドアを開けてフローレンスに降りるように言った。

「いやです」フローレンスは言ったが、彼の目つきを見て車から出た。しかしそこで足を止めた。「なぜわたしをここへ連れていらしたんですか？　ここはどこなんです？　さっき助けていただいたのはありがたいけれど……」彼女は言葉を切った。顔が紅潮し、瞳がぎらぎらしている。「わたしみたいに目立つ女は、自分の面倒ぐらい自分で見られます」

ミスター・フィッツギボンは微笑すると、しっかりとフローレンスの腕をとらえて玄関まで連れていった。クリブがドアを開けた。彼は驚いたのかもしれないが、顔には何も表さずに二人に挨拶《あいさつ》をした。

「ああ、クリブ、こちらはぼくの看護師のミス・ネピアだ。あいにく町で不愉快な目に遭ったんだよ。どこかで身づくろいをしたいだろうから、ミセス・クリブに案内を頼んでくれないか?」クリブが廊下の突き当たりのドアを通って消えていってから、ミスター・フィッツギボンが言う。「何か飲んで食事をしたら、気分がよくなるよ」

「気分は悪くありません」フローレンスはぴしゃりと言ったが、グレーのドレスを着た背の高いやせた女性が近づいてきたので、あとを続けることができなくなった。

「おかえりなさいませ、先生」彼女はフローレンスに笑顔を向けた。「こんばんは、お嬢さん。どうぞこちらへ」

不機嫌そうに口をつぐんでいるフローレンスの先に立ち、彼女は優雅な階段を上がっていった。「事故か何かに遭われたんですってね。こちらで二、三分静かにして気を落ち着けられたらよろしいわ」

彼女はフローレンスを、感じのいい優雅な寝室へ招き入れた。窓から裏の小さくて美しい庭園が見下ろせる。家具はかえで材でじゅうたんは白、カーテンとベッドカバーはアプリコット色のシルクでできている。「まあ、すてきなお部屋」フローレンスは怒っていたことを忘れて言った。

「浴室はそのドアの先です。横になりになりたかったら、その寝椅子が快適ですよ」

彼女がにっこりして出ていったあと、フローレンスは部屋中を綿密に調べた。浴室には、客が必要としそうなものがすべてそろっている。ガラスの棚の上にきれいに並んだタオルやソープを使うのはもったいないような気がするが、あの男の不潔な手に触られたので洗わないわけにはいかない。あの汚れた汗ばんだ指の感触がまだ残っている。鏡を見ると服に汚れがつき、髪がめちゃくちゃになっていた。

フローレンスは十分ほどして階下に下りていった。化粧直しがすみ、炎のような赤銅色の髪はきちんとなでつけてある。服のしわはどうすることもできないが、汚れはほとんど取れた。

誰も見当たらないので階段の下に立っていると、ミスター・フィッツギボンが向かい側のドアをぱっと開けた。

「さあ、さあ、中へ入って」じれったそうに言う。「その窓際の椅子が座り心地がいいよ。飲み物は何がいい？」

ドアのそばに立ったままフローレンスが言う。「何も要りません、先生。とても親切にしていただいて感謝はしてますけど、これ以上お邪魔はできません」

彼は部屋を横切ってきてフローレンスの腕を取り、先ほど示した椅子に座らせた。「シェリー酒だ」ミスター・フィッツギボンは彼女にグラスを手渡す。「不機嫌なときにはよく利くよ」

「わたしは不機嫌じゃありません」フローレンスは言い始めたが、あまりに腹が立っていたので言っていることがまともな意味をなさなかった。

「すっかりむくれているじゃないか。おまけにばかげている。それに嘘《うそ》をつくのはよくないね」

フローレンスがシェリー酒をひと口すすってむせ返り、返答できずにいるうちに、彼はグラスを手に持ち、ごく気楽に彼女の向かい側に腰を下ろした。

「息がつけるようになったら言ってごらん。食事に出かけるとぼくに言っておきながら、なぜあんないかがわしい道を歩いていたんだ？　すっぽかされたのかい？」

「すっぽかされた？　誰にですか？」

「君はひとりで晩餐《ばんさん》に出る気だったのかい？」

「あら、それがそんなにおかしいことかしら？　それにわたしは晩餐に出たわけじゃありません。ミセス・トウィストが外出してしまって、コンビーフとトマトしかなかったんです」

ミスター・フィッツギボンは口元が緩みそうになるのをこらえた。「でも嘘をつく必要があったのかい？」フローレンスのほおが赤くなるのを見て彼は悟った。「ぼくに食事をねだっていると思われたくなかったんだね？」

「ひどいことをおっしゃるんですね」

「それが事実なんだ」彼が指摘する。

「たとえそれが事実でも、口に出しておっしゃらなくてもいいのに」

フローレンスがシェリー酒を飲み干すと、彼は立ち上がってグラスを満たした。

「それならなぜ君は襲ってくれといわんばかりにあそこをうろついていたんだい。オックスフォード街へ行きたかったのなら、バスの停留所に出るまでウィンポール街をずっと歩いていけばよかったんだ」

フローレンスは今度は赤面する代わりにひどくやましい顔になった。ミスター・フィッツギボンは、もっと嘘をつくつもりらしいと思った。

「あの近道のことをミセス・トウィストから聞いていたんです。初めはきれいな街路だったから、いつもとは違う道を歩くのもいいなと思って」

少し説得力に欠ける説明だったが、彼はかすかに唇をほころばせた。「ほう、そうか」彼は言った。「今夜ぼくと一緒に食事をしてもらいたいな。帰りは送っていくよ」フローレンスがためらっているのでつけ加える。「オックスフォード街は映画のあとで食事をしようとする人たちで込んでいるから」

彼は優しい口調で取りとめのない話をして、フローレンスをリラックスさせた。モンティーが庭から飛び込んできて、頭をなでてほしいと言いたげにフローレンスを見つめる。その優しい目を見ると、フローレンスはたちまち気分が楽になった。

「きれいなお部屋ですね。毎晩ここへお帰りになるのが楽しみでしょう？」

居心地のいい広い部屋だ。摂政時代の家具や、大きな椅子やソファーが置いてある。濃い赤紫色のブロケードのカーテン、シルクのカーペット、板目張りの壁にかかった油絵、美しい陶器と銀器を入れた飾り戸棚、アダム様式の暖炉などを見て、フローレンスはため息をついた。うらやましいからではない。たとえ一時間ほどの間でも、こういうものを見て楽しむことができて満足していた。

クリブが入ってきて、食事の支度ができたことを知らせた。二人は廊下を横切って小さい部屋に入る。そこには、八人の客にちょうどいい大きさの長方形のダイニングテーブルがあり、レースのテーブルマットやグラスや銀器が用意されていた。ボウルにばらが生けてあるのを見て、フローレンスが尋ねた。

「お庭に咲いたものですか？　庭仕事をなさる時間などあまりないんでしょうね？」

クリブがスープ皿を前に置いた。フローレンスが鼻をうごめかすのを見ながら、ミスター・フィッツギボンが言う。

「ああ、もっと時間が欲しいよ。ときどき手をつけてはいるがね」

フローレンスはきゅうりとレタスのスープを味わった。これは缶づめのスープじゃないわ。ミスター・フィッツギボンの高飛車な態度に腹を立てていたことなど忘れるほど、フローレンスは幸せな気分になった。スープ皿が片づけられたあと、コールドチキンとサラダと生クリーム入りマッシュポテトが出た。ミスター・フィッツギボンは白ワインを注《つ》ぎ、気取りのない態度で食事を楽しむフローレンスを観察した。お代わりはもちろん、ポテトにも手をつけないほかの女性たちと彼女を頭の中で比較する。彼女に興味を持ちすぎ、彼女を妻にすることを夢見たりしている自分に気づいて、ミスター・フィッツギボンは眉をひそめた。

それを見てフローレンスの幸福感は薄れていった。今夜のあの不運な出来事のあと――わたしにとって幸運だったことは認めざるを得ないけれど――ここ三十分ほどは確かに楽しかった。しかし今、ミスター・フィッツギボンは険しい顔をしている。すぐにまた彼を〝先生〟と呼ぶことになりそうだわ。ポテトもワインも丁重に断って、何か口実を考えつきしだいできるだけ早くここを出ていくことにしよう。フローレンスは思った。

会話があまりにもぎこちなくなってきたので、彼は驚いてフローレンスを見た。この娘にはまったくうんざりさせられる。彼女は依然として礼儀正しくマナーも優雅だが、かちかちに硬くなっている。それまで二人はお互いのことをろくに知らないにもかかわらず、旧友であるかのような快い気分になっていた。しかし今やそのムードは消えてしまった。

一緒に応接室に戻ってコーヒーを飲み、三十分ほど過ごして、フローレンスはそろそろ帰ると告げた。「ミセス・トウィストが心配しそうなので……」

ミスター・フィッツギボンは無言で受話器を取ると、ミセス・トウィストに電話をかけた。彼女は全然心配などしていないことがわかった。

「でも君は睡眠を充分とりたいんだろうね？　明日は忙しくなりそうだから」

フローレンスは、彼のところに勤める身だということを忘れるな、遅刻をするな、とそれとなく言われたような気がした。

ミセス・トウィストのドアの前で、フローレンスは再び彼に礼を言った。やがてやすむ用意をしながら彼女は今夜のことを考えた。彼はなぜわたしをうちに連れ帰ったり、食事に招いたりしたのかしら？　そんなことをする必要などなかったのに。そしてなぜ急によそよそしくなったの？　つい最近、彼との間に友情が芽生えそうだなんて思ったばかりだけど……。まったくわかりにくい人だわ。

翌朝はいつもと変わりなかった。彼は時間どおりに現れて、フローレンスに最初の患者は耳が遠い人だと言ったが、昨夜のことには触れなかった。触れなければならない理由など何もないとわかっていながら、フローレンスは無性に腹が立った。

耳の遠い患者にかなり時間がかかり、あとの患者が皆遅れた。しかし、ミスター・フィッツギボンは落ち着き払って仕事を続けたので、昼食時間が十分近く短縮されるはめになった。フローレンスがミセス・キーンとサンドイッチを食べながらお茶を飲んでいると、ありがたいことに彼が出ていった。これで辺りを片づけて、午後に備えることができる。

「今日は忙しい日だこと」フローレンスが検査室を片づけていると、ミセス・キーンが彼のデスクの上にきちんと書類を積み重ねながら言った。ミスター・フィッツギボンは最初の患者が来る五分前に戻った。それから五時まで、息つく暇もないほどあわただしく過ぎていった。彼はデスクについて書きものをしている。フローレンスが彼にお茶を運ぼうとしているところへ、待合室のドアがぱっと開いてエリノア・ペイトンが入ってきた。上品な香水の香りを漂わせ、シルクの服を身につけている。フローレンスはひと目見るなり、のどから手が出るほどその服が欲しくなった。

エリノアは無言でフローレンスの手からカップを取ると、ノックもせずに診察室のドアを開けて入っていった。

「どなたなの?」ミセス・キーンが台所から顔をのぞかせてきく。

「ミス・ペイトンよ」フローレンスは怒りを抑えながら静かに言った。「さっと現れるなり先生のお茶を取って中に入ってしまったの……」

「はえに姿を変えて中の様子を見たいものだわ」ミセス・キーンが言う。「彼女にもお茶を出すべきかしら?」

「ティーバッグなんか気に入らないと思うわ」

二人はお茶を飲みながら耳を傾けた。エリノアの甲高い声に混じって、ミスター・フィッツギボンの低いつぶやきがときどき聞こえる。議論しているらしい。エリノアが金切り声をあげ、彼の口数はだんだん少なくなってきた。

やがて二人はドアを開けて出てくると、待合室を横切って外へ出ていった。フローレンスは窓に駆け寄る。ミスター・フィッツギボンの車はとまっているのに、彼が乗り込む気配はない。エリノアが後ろを見ようともせずに歩いていくのが見えた。

フローレンスは注意深く頭を引っ込めてあとずさりした。窓から外をのぞいているところを見られたくない。しかし彼はすぐ後ろに来ていた。

「こっそりのぞいているのかい？」彼が優しく尋ねる。

「とんでもない」フローレンスは昂然《こうぜん》と言ったが、嘘をごまかすために、それとなく人さし指の上に中指を重ねておまじないをした。「先生がわたしたちに知らせるのを忘れたまま、お出かけになってしまったのかと思って……」牧師の娘なんて損だわ。フローレンスはそう思いながら彼のほうへ顔を向けた。「いえ、それはばかげた口実です。わたしは先生がミス・ペイトンと一緒に車でお出かけになろうとするのを見てました」

「でも行かなかった。これでよかったかな？」

フローレンスは彼の冷ややかなグレーの瞳をじっと見た。「わたしには関係のないことです、先生。よけいな詮索《せんさく》をしてごめんなさい」

「君にはまったくやきもきさせられるよ、フローレンス」彼は言うと、診察室へ入っていって静かにドアを閉めた。フローレンスは、解雇を言い渡されるかもしれないと思った。彼の気が変わったに違いない。きっとエリノアはわたしなど不適任だと言って、彼を説得したに違いないわ。うまく彼女に出し抜かれてしまったというわけね……。

フローレンスが検査室に入って翌日の準備をする間に、ミセス・キーンはカルテの整理を終えた。ミスター・フィッツギボンは十分後に出てきて、二人に挨拶をして去っていった。

フローレンスは夕食後、ミセス・トウィストの小さな裏庭に腰を落ち着けた。ミセス・トウィストは外出していたし、散歩をする気にもなれなかったので、フローレンスは二、三時間外の新鮮な空気を吸い、父の誕生日に贈るつもりのセーターを編むことにした。芝生は短く刈り込まれ、垣根沿いに花が植えられた整然とした庭だ。近所の人の姿など全然見かけない、手入れがあまり行き届いていない庭を見慣れているフローレンスは、垣根にぶら下がっている隣家の子供たちや、その反対の垣根にいるおしゃべりな老人が少々気になった。しかし、彼女は子供たちの質問に気さくに答え、老人の思い出話に真剣に耳を傾けた。

たそがれてきたので、フローレンスは手を止めて編み物をひざの上に置くと、解雇されるかもしれないという問題について考え始めた。ミスター・フィッツギボンとの関係が、ここ二、三週間不穏な状態になっていたのだから仕方がないわ。わたしのせいだもの。彼と食事をしたりしたから、日ごろ事務的でいかめしい彼を、違う目で見るようになってしまった。フローレンスは部屋へ戻ってやすむ用意をしてから、ペンと紙を出して給料の使い道を考えた。もし解雇されても、後任が見つかるまで働くことになるだろうし、辞職の予告をしてから一カ月間は勤める契約になっている。そうすると、あと数週間分の給料はもらえるはずだわ。洗濯機を買っておいてよかった……。

翌朝フローレンスは、将来のことはあきらめて出勤した。ひどく気落ちしている自分に少し驚く。きっと、欲しいものが買えなくなるからに違いないわ。仕事が安泰だと思ったから、買いたいものを書き出してみたりしたのに……。

ミセス・キーンはまだ来ていない。フローレンスは制服に着替えてからお湯をわかした。最初の患者が来るのは一時間先のことだが、用意はすっかり整っている。彼女が台所にいるとドアの開く音が聞こえた。フローレンスは呼びかける。「お湯はわいてるわ。バスが遅れたの?」

フローレンスが振り返ると、そこにいたのはミスター・フィッツギボンだった。彼は薄手のセーターにフラノのスラックスという姿でドアに寄りかかっていた。

「おはよう、フローレンス」

ひげもそらず、疲れた顔をしている彼を見るなり、フローレンスは自分が気落ちしている理由がわかった。ここを去ったら彼には二度と会えなくなるからだわ。そうなったら、きっと胸が張り裂けてしまう。

「診察室でお待ちください。お茶をお持ちしましょう。ひと晩中お忙しくて大変でしたね」フローレンスは優しく言ってからトレイの用意をした。以前にも一度こんなことをした覚えがある。今の気持はあのときとは全然違うけれど。〝フローレンス、ばかなことをしちゃだめよ〟彼女は自分に言い聞かせながらお茶とビスケットを診察室に運んだ。彼は書きものをしていた。

「先にひと眠りして、朝食をなさるわけにはいかないんですか?」

彼はペンを置いた。「まるでワイフみたいな口ぶりだな。残念ながら、これはあと回しにはできないんだ。でも終わったらうちへ帰って、朝食と着替えをすませてくるよ。それでいいかい?」

「あら、押しつけがましいことを言うつもりはなかったんですけど、あまりお疲れのようなので」フローレンスはお茶を注いで横に置いた。

彼はフローレンスが出ていったあと、書きかけの文面に目を落とした。しみじみ年を感じながらお茶を飲む。彼女はひどく若々しく美しく見えた。そう思っている男性は、ほかにも大勢いるだろう。

一時間後に彼は戻ってきた。ひと晩熟睡して充分な朝食をとった人のように見える。すっかりいつもの彼になっている。フローレンスは最初の患者を導き入れた。声の大きい攻撃的な態度の若い女性だ。彼はその態度を無視して親切に診察してから、気管支鏡検査が必要だと話した。もし手術も必要なら、する用意はできていると彼は穏やかに言っている。

患者はわっと泣き出した。だが、フローレンスがお茶を出したりティッシュを渡したりしてなだめると、やっとミスター・フィッツギボンの話に耳を貸すことができるようになった。外面は攻撃的でも、中身はいい人なんだわ、とフローレンスは思った。

午前中の最後の患者二人は気管支炎にかかった子供だった。ミスター・フィッツギボンは、冗談を言ったり聴診器を使わせてやったりしながら、二人を優しく扱っている。まるで親切な伯父さんみたいだわ。フローレンスは小さな男の子のほうへかがみ込んでいる白髪混じりの頭を温かく見つめた。

午後は医学生のための回診があるので、最初の患者は四時まで来ない。フローレンスはミセス・キーンと一緒に昼食をとってから雑用を片づけた。四時少し前にミスター・フィッツギボンが現れた。

「午後最初の患者は、とてもひ弱な婦人だ、フローレンス。お茶と同情でいたわってあげてくれ――悪いニュースのときにはそれがいちばんいい」

十分後に来たその患者は、風が吹いたら飛ばされてしまいそうな老婦人だった。ぱっちりしたブルーの瞳の穏やかな顔の女性だ。フローレンスは彼女を椅子に落ち着かせ、部屋の隅で静かに待った。彼とこのご婦人は以前からの知り合いらしいわ。フローレンスは二人を見ていて思った。やがて彼が言った。

「フローレンス、ミス・マクフィンは、ぼくが研修医だったころのコルバート病院の手術室看護師でね、とても怖い人だったんだよ」

「今度はわたしが怖がる番ね。あなたに何を言われるかわからないんですもの」彼女はフローレンスを見て微笑した。「彼を怖い人だと思って？」

「とんでもない、ミス・マクフィン。先生を恐れる必要などありませんよ」

「でも悪いニュースっていやなものね。それじゃ診察してくださる、アレクサンダー？」

「ええ、フローレンスと一緒に行ってください」

彼の名はアレクサンダーなのね、とてもよく合ったいい名前だわ。フローレンスはミス・マクフィンのボタンやホックを外しながら思った。彼のことをうっとりと考えながら、明るい優しい声で患者と話をする。フローレンスは彼の名がわかっただけで、ついに彼について知ることができたという気持になった。

手術に関するミス・マクフィンの態度は冷静だった。「あなたがそう言うのならもちろんよ、アレクサンダー。でもわたしの年で、賢明なことかしら？」

「賢明ですとも。ぼくの手術に確信を持ってください。あなたは九十になっても元気だ。百ポンド賭《か》けてもいい。賭けますか？」

「だめよ。負けるかもしれないから。代わりに大きな花束を送ってちょうだい」ミス・マクフィンは彼の目をじっと見てつけ加えた。「結果がどうであれね！」

「ぼく自身が届けますよ」彼は立ち上がると、ほほ笑みながらミス・マクフィンの手を取った。「ぼくの特別な患者として入院してください。ぼくが執刀しますから……」

「よかったわ」彼女はフローレンスを見た。「このかわいい人にも立ち会ってもらいたいけど……」

「そのように手はずを整えましょう」

六時に最後の患者が帰り、フローレンスはあと片づけを始めた。彼女が検査室へ行こうとしていると、ミスター・フィッツギボンに呼び止められた。

「ミス・マクフィンの手術のとき君に来てもらいたい。手術室看護師が休みの日を選ぶからね」

フローレンスが黙っているのを見て彼はつけ加えた。

「彼女は君が気に入ったようだ。できるかぎりのことをして――たとえ気まぐれな希望でもかなえてあげたいんだ」

「わかりました、先生」フローレンスは行こうとしたが、再び引き止められた。

「ミス・ペイトンに電話をかけてくれないか?」彼は顔を上げずに何か書いている。

エリノアの声がフローレンスの耳に鋭く響いてきた。「はい?」

「ミスター・フィッツギボンがお話しなさりたいそうです、ミス・ペイトン」

「それならぐずぐずしないで彼を出して」

フローレンスは憤然として目をぎらつかせながら、彼に受話器を渡した。「二度とわたしにこんなことをさせないでください、先生」

彼女がぱっと出ていく姿を見て、ミスター・フィッツギボンは微笑した。

エリノアの声がとぎれるのを待ってから、彼がもの静かに言う。「あいにく君を劇場に連れていくことはできないんだよ、エリノア。もうしばらく診療所にいて、それからコルバート病院へ行かなくてはならないんだ」

不機嫌な声に辛抱強く耳を傾けてから彼は言った。

「ぼくの代理を喜んで務めるような男がいくらでもいるはずだ。もう電話を切るよ、エリノア。ここでひと晩過ごすことになりかねないからね」

フローレンスとミセス・キーンは、彼に別れを告げて外に出た。彼はまだデスクについたままだった。歩道でミセス・キーンと別々になると、フローレンスは気をもみながらゆっくりとミセス・トウィストの家へ戻った。またうっかり口を滑らせてしまった。ミスター・フィッツギボンに叱責《しっせき》されても首にされても仕方がないわ。なぜあんなことを言ってしまったのかしら？　患者や医師に向かってあんな口をきくなんて、コルバート病院時代には考えられないことだわ。暗い気分で中へ入り、やがて夕食を食べたが、ミセス・トウィストに顔色が悪いから一、二時間外気に当たるようにと言われて、フローレンスは素直に小さな庭へ出た。ひざに置いた編み物の上にバスターが座り込む。何もせずにそこに座っているのは快適だが、気分が落ち着かないのが残念だ。

「わたしは大失敗をしたの」フローレンスはバスターに向かってつぶやく。「もうどっちでもいいことなんだけど、今後、毎日彼に会うことに耐え続けるか、辞職して二度と彼の顔を見ないようにするべきか、決めなきゃならないわ。辞めたほうがよさそうね、母が病気だと言えばいいから。でもそれはだめだわ。再入院させるべきだとかなんとか言われそうだもの。母の希望でうちへ帰ることにするとでも言うわ……」

バスターは編み物を気に入った形に変えると眠ってしまった。フローレンスも、目を閉じて問題の解決に当たろうとしているうちに眠りに落ちた。

7

翌朝フローレンスは頭が混乱したまま出勤した。今日もミスター・フィッツギボンと共に一日を過ごせるという思いで胸がいっぱいだ。しかし昨日かんしゃくを爆発させたことを思い出すと喜びが薄れていく。「あまり調子に乗っていると首になって彼には二度と会えなくなるわよ」フローレンスはつぶやいた。

ミスター・フィッツギボンは窓際に立って、フローレンスが憂鬱《ゆううつ》な表情で歩いてくるのを見つめていた。彼女は何を考えているのだろう？　落ち着いた淡いグリーンのコットンのワンピースを優雅に着こなしている。ありふれた既製品だが、見事な肢体によく似合っていた。彼女は道を渡る前にいつも目を上げてこちらを見る。それまでに彼は窓を離れた。

そしてフローレンスが着くころには、デスクについて郵便物に目を通していた。

フローレンスのすぐあとからミセス・キーンが到着した。フローレンスが制服に着替えに行くと、二人が朗らかに話す声が聞こえた。彼は笑っている。わたしが朝の挨拶《あいさつ》をしたときには、にこりともしなかったのに。いよいよ解雇されるときが来たのかもしれない……。

しかし忙しい一日が終わってもそんな話は出なかった。フローレンスは週末にうちへ帰った。月曜の朝まで彼に会えないと思うと気が進まなかったが、平穏なガッセージ・トラードで一日二日過ごせるのは嬉《うれ》しいことだった。

週末は急速に過ぎていった。西洋すぐりや苺《いちご》や木苺やふさすぐりを摘み、教会用に花を切った。ミセス・ネピアはほとんど全快していたが、フローレンスが料理や洗濯やアイロンかけを引き受ける間、休息できるのをありがたいと思った。フローレンスは、病気だったミス・ペインを村へ見舞いに行った。もうよくなったからまた手伝いに来られると聞いてほっとした。今や彼女にささやかな給料を支払うお金はあるのだし、母に代わって雑用をしてもらえるのだから、賃金を払う価値は充分にある。

ロンドンへ戻る列車の中で、フローレンスはこの短い滞在について考えた。始終楽しい思いをしたが、今日昼食後に庭で母と話し合ったときのことだけが気になる。

「あまり幸せじゃなさそうね、ダーリン?」母が言った。「お仕事が忙しすぎるの? 下宿が気に入らないの?」フローレンスがどちらも激しく否定したので、ミセス・ネピアは優しくきき直した。「それじゃ、問題はミスター・フィッツギボンなのね? 彼は親切じゃないの? あなたをこき使っているの?」

「違うわ。彼はとてもいい雇主なの、お母さん。それにとても面白い仕事で……」フローレンスが躍起になって言ったので、ミセス・ネピアは小さな吐息をもらしたきり、それ以上何も言わなかった。しかしフローレンスは不安になった。悩んでいることが母にわかったのなら、ミスター・フィッツギボンにもわかるんじゃないかしら？　そんなはずはないと思うけれど。

月曜の朝、ミスター・フィッツギボンが冷ややかにおはようと言ったのを聞いて、フローレンスは自分の推測が当たっているように思えた。彼は郵便物を見終えるなり外来クリニックへ行こうとした。午後まで予約は入っていない。彼は出ていく前にフローレンスに言った。

「明日の朝、手術室へ行ってもらうよ。八時きっかりにここを出るからね。ミス・マクフィンの手術をするんだ。彼女は君にまた会いたがっているし、手術室看護師は旅行中だからちょうどいい」

フローレンスが口を開く前に彼は姿を消した。

「いい気分転換になるわね」ミセス・キーンが言う。

午後は予約が幾つも入っていて、その中のふたつがひどく長引いた。五時になるころには、フローレンスはその日が終わるのを楽しみにしていた。外は暖かい。今夜も澄み切ったいい夜になりそうだわ。彼女は診察室に落ち着き払って座っているミスター・フィッツギボンがうらやましくなった。彼が冷静でいられるのは、わたしがばたばた駆け回ってあげるからだわ。フローレンスはむしゃくしゃしながら考えた。最後の患者が帰ったあと、フローレンスは彼にお茶を運んで診察室を出ようとした。

「まだ行ってもらっちゃ困るよ、フローレンス。明日必要な器具をそろえるから、コルバート病院へ持っていって消毒してもらえないか?」彼はティーカップ越しにフローレンスの穏やかな顔を見た。「今夜これから楽しく過ごすわけだね?」

「ええ」フローレンスが言う。月曜日の夕食はミートパイだ。それから髪をシャンプーして小さな庭に座り、編み物をする。もし彼が夕食に招いてくれたとしても行く気はなかった。疲れていて不機嫌だし、みじめな気持だから。でも、誘ってもらえるはずなどないからどちらでもいいことだけど……。

彼は電話に手を伸ばした。やがて半開きになったドアを通して、彼がエリノアに今夜会おうと言っているのが聞こえた。

フローレンスはミセス・キーンと外へ出て別れた。今日はあまりいい一日ではなかったわ。

よく晴れた朝が訪れた。フローレンスが診療所へ行くと外にロールスロイスがとまっていて、ミスター・フィッツギボンが戸口で玄関番と話をしている。彼はフローレンスに愛想よくおはようと言ったが、それ以上何もしゃべらなかった。病院に着くと彼はフローレンスに器具入りケースを渡し、手術室へ行くようにと言ってから部長室のほうへ歩いていった。「ぼくは三十分後に行くよ」

手術室にはスタッフがそろい、準備ができていた。フローレンスは手術着を身につけ、器具を調べてから麻酔室へ行った。ミス・マクフィンが横たわって、麻酔医のシム医師と眠たげな声で話している。彼女はフローレンスを見てにっこりした。

「アレクサンダーがあなたをよこすと約束してくれたのよ。あなたの姿は目の保養になるわ」

フローレンスは彼女の手を握った。「ではまたあとで」約束すると洗浄しに行った。

すべての用意が整ったところへミスター・フィッツギボンが入ってきた。辺りを素早く見回し、彼のアシスタントと研修医が手術台の反対側に立つと、「用意はいいね？」ときいて手術を始めた。

彼が結果に満足して背筋を真っすぐに正すころには昼近くになっていた。彼は手袋を取り、手術着を脱いで出ていった。包帯をしてミス・マクフィンを回復室へ移動させるのはアシスタントの役目だ。

フローレンスが手術着を脱ぎ、器具を集め始めると、手術室清掃員が戸口に顔をのぞかせた。「看護師さん、コーヒーを飲みにオフィスへ来るようにと、ミスター・フィッツギボンがおっしゃってましたよ」

オフィスでは皆がフローレンスを待っていた。ミスター・フィッツギボンがデスクの後ろにある椅子を勧める。フローレンスは静かに腰かけ、カップを皆に手渡し、ビスケットの缶を回すと、自分もコーヒーをすすりながらこのケースに関する話に耳を傾けた。病院勤務も楽しいものだわ。でもここの常勤になると、ミスター・フィッツギボンにはたまにしか会えなくなる……。フローレンスがしんみり考えていると、皆が話を終え、自分のほうを見ているのに気づいた。

「おい、フローレンス、空想中かい？　ひどいな、ハンサムな男たちがコーヒーのお代わりを待っているのに……」

フローレンスは少し赤くなった。「ごめんなさい。皆さんにまた会えてよかったと思っていたので」

フローレンスが皆のカップを満たし始めるとアシスタントのダンが言った。「それを聞いて君をいつか夕食に誘う勇気が出たよ。もちろんぼくは貧乏だけれど、例のみすぼらしい小さな中華料理店へなら行けるし……」

「ええ、行きたいわ、ダン」フローレンスはにっこりした。彼とは友達として一、二度一緒に出かけたことがある。彼は婚約中だが、フィアンセは現在スイスにいる家族のベビーシッターとして働いていて、今年中に結婚する予定だ。その話をしたいに違いないわ。フローレンスは人の話を聞くのが上手だった。

「よかった。電話するよ」ダンは考え深げな表情をしているミスター・フィッツギボンに視線を向けた。「ぼくがミス・マクフィンの経過を診ましょうか、先生?」

「ぼくが行くよ、ダン。フローレンスを送っていってからここへ戻り、回診のあとでミス・マクフィンを診よう」それから彼はフローレンスに言った。「三十分後に出られるように用意しておいてくれ」

皆はカップとビスケットのかけらを残したまま去っていった。そのあとフローレンスは手術室へ戻り、次の患者のために部屋の準備がすんでいるかどうか調べた。

ミスター・フィッツギボンより先に玄関ホールに着いたのでフローレンスはいい気分だった。いつも彼に先を越されるんだもの。無言で一緒に車に乗り込む。彼はフローレンスを診療所で降ろすと走り去った。「さあ、お昼だわ」フローレンスはサンドイッチとお茶を目ざして階段を駆け上がった。

ミスター・フィッツギボンは、二時の予約の五分前に戻った。

患者が帰ると、フローレンスは彼のデスクにコーヒーを置いた。「ぼくはコルバート病院へ戻るが、君も来てミス・マクフィンに会ってもらいたい。制服を脱ぐ必要はないよ。ぼくが五時半までに戻らなかったら、君もミセス・キーンも帰ってくれ。十分後に出発だ。片づけものは帰ってからでいい」

「どうやって帰ってくればいいんでしょう?」

「ぼくが送るよ」

フローレンスはパウダーをはたき、後れ毛をなでつけると待合室へ行った。ミスター・フィッツギボンがミセス・キーンに、五時過ぎまで戻らないから、電話をよこした人にはそう伝えるようにと言っている。

エリノアのことだわ。フローレンスはそう思いながら、彼の先に立って階段を下りていった。

ミス・マクフィンは麻酔がさめ、経過は順調だった。フローレンスとミスター・フィッツギボンが部屋へ入っていくと、間もなく彼女は目を開けた。二人に目の焦点が合うとかぼそい声で言う。「よくお似合いだわ」かすかにほほ笑んでから彼女は再び目を閉じた。

フローレンスが困惑してミスター・フィッツギボンのほうを見ると、彼は微笑していた。しかしすぐ威厳のある専門医に戻り、アシスタントと看護師に低い声で指令を下した。それからフローレンスに向かってつぶやく。「非常に良好だ。さあ、君を送るよ」

彼は、ミス・マクフィンは順調に回復しそうだと言っただけで、あとは無言のままフローレンスをウィンポール街へ送り届けた。

すぐ戻った二人を見て、ミセス・キーンは考えた。ミスター・フィッツギボンは、フローレンスを丁重によそよそしく扱っていながら、彼女の同行を求めるなんてふしぎね。フローレンスは絵にかいたように美しくて優しい娘だわ。大柄だし、とても体の大きい彼にはちょうどぴったり。あの感じの悪いミス・ペイトンとは大違い……。

そのとき電話が鳴った。ミセス・キーンはデスクについていたので電話の近くに立っているフローレンスに言った。「出てちょうだいな。手術用のはさみをみがく人が、あとで電話すると言っていたの」

しかしそれはエリノア・ペイトンだった。ミスター・フィッツギボンにつなぐように強要する。

「今日はもう戻られません」フローレンスは丁重に言った。「何かおことづけはありますか?」

「あなたは誰? あの赤毛の人?」

フローレンスは自分が牧師の娘だということを忘れた。「赤毛ですって? わたしは茶色の髪、黒い瞳、百六十センチの身長、ほっそり型です」

「あなたは新顔なのね? あの人は首になったの? よかった。いいえ、ことづけはないわ……」ミス・ペイトンは電話を切った。

「嘘《うそ》をついたわけじゃないの」フローレンスは挑戦的にミセス・キーンを見た。「あれをどう解釈しようと彼女の勝手だわ」

ミセス・キーンが笑い出した。「彼女がここへ来てどんな顔をするか、見たいものだわ」

「なぜ先生に会いたいのかしら? とても不機嫌だったわ。先生は昨日の夜、彼女と会う約束をしていらしたの。けんかでもなさったのかしら?」

「先生とけんかするなんて大変そうね。コンクリートで固めた羽毛入りマットレスに頭をぶつけようとするのと同じことよ」

「先生とブライス看護師はうまくいっていたの？」

「仕事の上ではね。でも彼女は先生のタイプじゃなかったのよ」

ミスター・フィッツギボンはどういうタイプが好きなのか、フローレンスは思わずきいた。

「エリノアとは違うと思うわ――様子を見てみないとわからないわね」

彼自身にもわかっていないのかもしれない。だとすると、彼は一生独身で過ごし、わたしはずっと彼のもとで働くことができるかもしれない……。

五時にミセス・キーンはデスクの整理を終えた。「もう行きましょうよ。主人の両親が夕食に来るから、チキンのワイン煮を作ろうかと思ってるの……」

「それじゃ、お帰りなさいな、ミセス・キーン。わたしは急がないから、五時半までいて戸じまりをするわ。先生は戻られそうにないから」

ミセス・キーンが去って十五分ほどしてから、フローレンスが制服を脱いで着替えようかと思っていると、呼び鈴が鳴った。ミスター・フィッツギボンではないわ。彼は鍵《かぎ》を持っているもの。ドアを開けるとエリノアが立っていた。彼女はフローレンスを見て息をのんだ。

「あら、あなたはまだここにいたのね――もうひとりの人はどこ？」エリノアは中へ押し入ってきた。

彼女は振り向くと、開いたままのドアの前に無言で立っているフローレンスをにらみつけた。「あなただったのね？　ほかに看護師はいないわ」

「いるとは言いませんでしたけど」フローレンスが指摘する。「戸じまりをするところなんです。すみませんがお帰りください」

エリノアはそばの椅子に座り込んだ。「帰らないわよ。どうしても帰りませんからね」

二人ともドアに背を向けていたので、ミスター・フィッツギボンの声を聞いてはっとした。彼の声はとても穏やかだった。

「もう帰っていいよ、フローレンス。ぼくが鍵をかけるから。診察室へ入りたまえ、エリノア。なぜ君が来たのかわからないな。言うべきことはもう全部言ったと思うがね。ぼくは忙しいんだよ」彼は診察室のドアを開けてエリノアを導き入れる。

「あの人はね」エリノアが吐き出すように言う。「今日電話をかけたら、ここを辞めたとわたしに思い込ませたの――自分は髪が茶色で小柄でスリムだなんて言って……」

フローレンスは静かに待合室へ向かっていたが、ミスター・フィッツギボンが大笑いするのを聞いて足を止めた。二人は仲直りをしたのね。そう思うとみじめな気持になった。

フローレンスは夕食後落ち着けなくて、バスでコルバート病院へ行った。例のトラック運転手はまだ入院中なのに、一週間以上見舞いに行っていない。

彼はフローレンスを喜んで迎えた。ベッドの横のイスに座って、サッカー試合の勝敗予想をしているところだった。フローレンスはもうひとつの椅子を引き寄せ、持参のチョコレートのビスケットを勧めてから、彼が将来の計画について話すのに耳を傾けた。彼は、もうトラックの運転手はできないが、多少補償金が出るから青果商を始めるつもりだと明るく言った。

「ミスター・フィッツギボンは、マイルエンド・ロードに持っているフラットを、一年間家賃なしで貸してくれるんだそうですよ。ぼくは二、三日中に退院なんです。リハビリと義足の寸法合わせには来なきゃならないが」彼は満面に笑みをたたえた。「ぼくは幸せ者だ。妻も喜んでますよ」

「まあ、よかったこと。あなたならきっと成功するわ。住所を教えてください、会いに行きますから」フローレンスは彼からメモを受け取って立ち上がった。「もう行かなくてはならないわ。お大事にね。あなたと奥さんにきっと会いに行くわ」

彼は松葉杖《づえ》を巧みに使いこなす様子を自慢げに見せながら、病室のドアのところまでついてきた。フローレンスは廊下の先まで行って、手を振ってから角を曲がった。

彼女が廊下を歩いていると、病室のドアが開いてダンが出てきた。

「やあ、いいニュースがあるんだよ。ルーシーが帰ってくるんだ。雇主が外交官でね、今度ロンドンに派遣されるのさ。彼女の留守中は寂しかったけれど、これからはたびたび会えるようになるよ」

「すばらしいニュースね、ダン。よかったこと。よろしく伝えてちょうだい。電話を待ってるわ。一緒にゆっくり世間話をしたいから」フローレンスがダンにほほ笑みかけると、彼もにっこりしてフローレンスの腕に手をかけた。あいにくそのとき、ミスター・フィッツギボンが二人のほうへ近づいていた。恋人同士のような二人の様子を見て、彼は動揺を感じた。

彼がそばまで来てようやく二人は気がついた。「やあ、先生」ダンが言う。「例のつぶれた胸の患者か、ミス・マクフィンを診に来られたんですか?」

「両方だよ。ミス・マクフィンが先だ」ミスター・フィッツギボンはフローレンスに穏やかな笑顔を向けたが、その目は冷ややかだった。「邪魔をして悪かったね。さよなら、フローレンス」

二人の男性が去ったあと、フローレンスは廊下を歩きながら彼の腹立たしげな冷たい目つきについて考えた。わたしがいったい何をしたというのかしら? わたしにはここにいる権利などないとでも言いたげな目つきだったわ。以前ここのスタッフの一員だったわたしがときどき出入りしたって、文句を言う人など誰もいないのに。

そんな彼の態度に大いに憤慨しながら、フローレンスはミセス・トウィストのところへ戻った。

二日たった。ミスター・フィッツギボンは出たり入ったり、患者を診たり、口述筆記させたりしながら、必要なときだけフローレンスを呼びつけた。骨の髄まで冷たくなるような態度だった。

金曜までフローレンスはうちへ帰るのを楽しみにしていた。ここから離れたらこの問題を解決できるかもしれない。夕方近くになるとミセス・キーンが偏頭痛に襲われた。ミスター・フィッツギボンはコルバート病院へ行っていて、患者が来る予定はなかった。そこで二人は帰る支度を始めた。ミセス・キーンは診察室の長椅子に横たわっていたが、帰る前にデスクに鍵をかけようと立ち上がった。ちょうどそのとき電話が鳴った。フローレンスが台所を点検していると、ミセス・キーンの声が聞こえてきた。「七時にそちらへ持っていきますわ、先生」

彼女は受話器を置いてぐったりと椅子に腰を下ろした。「ミスター・フィッツギボンが、ここへ置き忘れていった重要な書類を、イーストエンドのクリニックへ届けてくれとおっしゃるのよ」

「書類がどこにあるのか、どこへ届けたらいいのか教えてちょうだい。わたしが行くから」フローレンスはきっぱりと言う。「今すぐタクシーを呼んであげるわね。あなたは早く横にならなきゃだめよ」

「でも列車に乗り遅れるわよ」

「明日の朝乗る予定なの」たびたび嘘をつく悪いくせがついてしまったわ。そう思いながらフローレンスは言った。

「本当? ファイルは先生のデスクの左側の引き出しよ。表紙がブルーで、〝極秘〟と書いてあるわ。本当に行ってもらっていいの? 先生がなんとおっしゃるかわからないけど……」

フローレンスにもわからなかった。「先生には気づかれずにすむかもしれないわ。場所はどこなの?」

「あまりいい区域じゃないのよ。わたしはいつもタクシーで往復するの。費用はもちろん払ってもらえるわよ」

フローレンスはファイルを見つけて戸じまりをしてから、ミセス・キーンの肩に腕を回した。彼女は青ざめた顔で目を閉じている。タクシーが来た。フローレンスは運転手に、彼女に目を配り、玄関まで手を貸してあげてくれるように頼んだ。その年配の運転手は、ろくに目もくれずに命令だけ下して支払いをすませて行ってしまう客が一日中続いたあとで、こんな美しい魅力的な顔を見て嬉しくなったようだ。

「もちろんだ。頭痛だね? うちの女房も頭痛には悩まされてますよ」

フローレンスは走り去るタクシーに笑顔を向けて手を振った。

ミスター・フィッツギボンは七時と言ったらしいが、道が込んでいてロンドンを横切っていくにはかなり時間がかかりそうだ。事情を説明すると、ミセス・トウィストはお茶とパンを出して、あとで冷蔵庫に何か入れておくと言ってくれた。フローレンスは地味で目立たないコットンジャージーのドレスに着替えた。髪をシニョンにまとめ、疲れた足にサンダルをはき、小型のハンドバッグとビニール製の袋に入れたファイルを持ってタクシーを探しに出た。

車は静かな町並みを通って、明かりのともったイーストエンドに入った。衣料問屋やテイクアウト専門のフードショップやゲームセンターが並び、ところどころ、そこにはそぐわない高層ビルが建っている。

タクシーの運転手が振り返って、住所に間違いはないかと尋ねた。「ここはあんたみたいなきれいな人が来るような場所じゃないがね」

間違いはないとフローレンスは言った。「大丈夫よ。知ってる人たちが働いているクリニックなの」

やがて彼女は車を降りて運転手に料金を支払った。これほどクリニックらしくない建物は珍しいわ。フローレンスは思いながら、半分開いたままのドアのほうへ行く。薄汚いれんが造りで、三つの窓のうちふたつには板切れが打ちつけてあり、三つめは金網でおおわれている。ドアを押し開けると、中の廊下は暗くて湿っぽいにおいがした。幾つかあるドアのうちのひとつから低い人声と光がもれている。彼女はそのドアを開けて、中へ入っていった。

たいして大きくない部屋は人でいっぱいだった。ベンチや椅子に座れない人たちは、壁に寄りかかって立っている。皆が話をやめてフローレンスを見た。せきの音だけが続いている。

「迷子になったの?」小さな男の子をひざにのせた明朗な太った女性がきく。「先生に会いに来たのね?」フローレンスがうなずくのを見て言った。「あんたも皆と同じように順番を待たなきゃだめよ」

「わたしは看護師で、先生に書類を届けに来たんです」フローレンスは事務的に答えた。

突き当たりのドアの向こうだと数人が言うと、そばにいた男がドアを開けてくれた。フローレンスは礼を言ってから、中へ入っていった。辺りには玉ねぎとビールのにおいが漂っている。ドアの向こうの雰囲気は全然違っていた。壁は明るい淡い黄色に塗られ、デスク、椅子、診察台、手術器具を入れた戸棚、大きな流しがあって、横にタオルが積み重ねてある。ミスター・フィッツギボンは診察台の上の男の子のほうへかがみ込み、反対側にはダンが立っている。その隣にいるかわいい女性が子供の母親のようだ。彼女は汚れたTシャツを着て破れたジーンズをはいている。ミスター・フィッツギボンは暴れる子供の腹部に手を置き、子供が泣きやむのを辛抱強く待っている。気の毒なことに、その女性はすすり泣き始めた。ダンがなだめるように彼女の腕に手をかけると、彼女はそれを振り払ってわっと泣き出した。フローレンスはファイルをデスクに置き、診察台を取り囲む一同のところへ行った。

「さあ、こっちへ来てお座りなさいな」フローレンスはその女性の肩に腕を回してなだめる。「先生がたが坊やを診察なさっている間に、わたしにいきさつを話してちょうだい」

フローレンスはダンの驚いた目つきには気づかなかったが、ミスター・フィッツギボンの無愛想な声は耳に入ってきた。

「いったいこれはどういう……？」

「あとで説明します」フローレンスは穏やかなブルーの瞳を、冷たいはがねのような目に向けた。「わたしがお母さんの面倒を見ますから、その間に必要なことをなさってくださ い」

彼が憤然として唇を引きしめるのは無視して、フローレンスはその女性を部屋の隅にある椅子のほうへ連れていった。彼には言いたいことが山ほどあるに違いないけど今はまずこの人の涙を止めるほうが先だわ。フローレンスは彼女にハンカチを渡し、水を飲ませてから同情を込めて子供の病状を尋ねた。

彼女の話は漠然としていた。子供は顔色が悪く、食欲がなく、胸が痛むという。「だからここへ連れてきたの。この先生ならわかりそうだと思って」

「そのとおりよ。とても優秀な先生ですもの」

「あんたは先生のガールフレンド?」

「いいえ、わたしは看護師で……彼のところに勤めているのよ」

その女性は一瞬自分の悩みを忘れて興味ありげにフローレンスを見た。「彼は少し気が短そうね。顔には出さないけど見ればわかるわ」彼女は診察台のほうへちらっと目をやる。子供はすっかり静かになっている。ミスター・フィッツギボンはその子供に何か言って、くすくす笑わせているところだった。

やがて彼はフローレンスのほうを向いた。「フローレンス、せっかく来たんだから坊やに服を着せてくれないか? その間にぼくはお母さんと話をするよ」態度は穏やかだが、声は冷え冷えとしている。

黙っているほうがよさそうだと思い、フローレンスは子供に服を着せた。ミスター・フィッツギボンは穏やかな声で、子供を入院させるように母親に勧めている。彼は嚢胞性線《のうほうせいせん》維症《いしょう》について簡単に説明して彼女の経済状態を尋ね、隣室でデスクについている女性に会って手はずを整えてもらえばいいと言った。

「ぼくが救急車を呼ぼう。君はジミーと一緒に行って、よかったら今夜は病院に泊まればいい。もしうちへ帰りたかったら、その女性から交通費をもらうといいよ。お金は持っているの?」

親切なその言葉を聞いて、フローレンスは涙が込み上げてくるのを感じた。

母と子が去ると、ダンが言った。「次の患者を連れてきましょうか?」

ミスター・フィッツギボンは、デスクについて電話でコルバート病院に連絡をしていたが、受話器を下ろすと言った。「ちょっと待ってくれ。フローレンス、なぜ君がここへ来たか知りたいんだ。ミセス・キーンと話したときには……」

フローレンスは彼の前にある椅子に腰を下ろした。「ミセス・キーンはひどい偏頭痛に襲われたんです。それでタクシーに乗せてうちへ帰し、代わりにわたしが来ました。せっかく来たんだから、残ってお手伝いします。先生は怒っていらっしゃるようですけど、あれだけ大勢の人たちが待っているのに、爆発している暇なんかありませんよね?」

ダンは笑い声をごまかしてせきをした。ミスター・フィッツギボンはにこりともせず、怒りを無理に抑えようとしていっそう不機嫌になっている。

「タクシーで来たのか?」

フローレンスはうなずいた。「必要経費と見なされると聞いたので」

「それなら残って何か手伝うことだね」彼は立ち上がった。「次の患者を診よう、ダン」

フローレンスはそれから先ひと晩中無視されたが、そんなことを気にしている暇はなかった。ドアの後ろにかかっていた白いエプロンを身につけて、患者の衣服を脱がせたり着せたり、ばんそうこうをはったり、包帯を巻き直したりしたうえ、患者が変わるたびにそのあと始末をした。ほとんどが定期検査に来た年配の人たちだ。最後の患者が帰るころには十時を過ぎていた。ずっと書類の取り扱いをしていた、おとなしい小柄な婦人に手伝ってもらってあと片づけをすませると、フローレンスはエプロンを取ってドアに向かった。

「まだ行ってもらっちゃ困るよ」書きものをしていたミスター・フィッツギボンが言う。「ダン、君は先に行ってあの男の子の処方箋《しょほうせん》を書いて、それから母親が面倒を見てもらっているかどうか確かめてくれないか？　ぼくはあとで行くから」

ダンはためらった。「フローレンスを連れていきましょうか、先生？」

「ぼくが下宿まで送るよ」

フローレンスは一歩前に出て、はっきりと言った。「わたしはバスで帰りますから」

「いや、それはだめだ」彼は目を上げずに言う。「行ってくれ、ダン。フローレンスはぼくが無事に送り届けるからね」

ダンはフローレンスを横目で見て微笑してから去っていった。ミスター・フィッツギボンはまだ帰る気がないらしい。フローレンスは落ち着いて椅子に腰を下ろした。

やがて彼はファイルを閉じ、ペンを片づけた。「夕食はまだだろう？」

「ええ、ミセス・トウィストが何か残しておいてくれているはずです」

彼は立ち上がって部屋を横切ってくると、フローレンスの手を取って立たせ、手を握ったまま言った。「ぼくは不親切だったね。許してくれるかい？」

あまりにも優しいその言葉を聞いて、フローレンスは彼の胸に寄り添って泣き出したくなった。しかし、その代わりに彼の目を見て言った。「ええ、もちろん。わたしは先生をびっくりさせてしまいましたね」あいている手で辺りを示す。「これを全部秘密にしておくおつもりですか?」

「ああ、できるかぎりね。もちろんダンと、交替で働きに来る地元の医師の数人は知っているがね」

フローレンスは手を引っ込めようとしたが放してもらえなかった。「このことがわかった以上、わたしも来ていいですか? ぜひここで働きたいので」

「なぜだい、フローレンス?」

フローレンスは理由を話す気などなかったので事務的に言った。「やりがいのある仕事でしょう? それにわたしは毎晩暇で……」

彼は怪訝《けげん》そうに言った。「毎晩? ダンと出かける夜はどうなんだ? 例の〝みすぼらしい小さな中華料理店〟は?」

「それは何年も前のことです。フィアンセが間もなく帰ってくるので、彼、喜んでいるんです。ルーシーはとても優しい人で……」

彼の顔に満足げな表情が浮かんだのを見て、フローレンスは驚いた。

「君がここで働きたいのなら、いけないとは言わない。だが、ぼくが送り迎えをするか夕クシーを使うかして、君はこの建物から出ないという条件を固く守ってもらうよ。道をうろついてもらっては困るんだ……」

「わたしはうろついたりなんか……」フローレンスは冷ややかに言いかけたが、近道をしようとして不運な目に遭ったことを思い出した。「わかりました。ここへは週に何回ぐらいいらっしゃるんですか?」

「週に一度だ」彼はフローレンスの手を放すと、バッグを持ってドアを開けた。「遅くなったね」

彼は荒れ果てた裏庭にとめてあった車にフローレンスを乗せる。「車がまだなくならずにここに残っているなんて、驚きだわ」フローレンスは言ってからつけ加えた。「でもふしぎじゃないわ。皆が先生を頼りにしているんですものね」

「ある程度まではね。ほとんどが入院するべきか、退院したばかりの人たちなんだよ」

町はひっそりしている。帰り道は来たときよりもずっと短く思えた。

「ミセス・クリブが食事を用意しているはずだ」

「それはいいですね。この先で降ろしてくださったら、わたしは……」

「ばかなことを言うんじゃない。君はぼくと一緒に夕食をするんだ。そのあとで送ってあげるよ」

「わたしはそんな……!」

彼は道を曲がると自分の家の前で車をとめた。車を降りて反対側へ回りドアを開けて言う。「さあ、降りて」

彼は動こうとしないフローレンスを抱き上げ、舗道に立たせるとかがみ込んでキスをした。それからフローレンスの腕を取って玄関のドアを開けた。

ミセス・トゥィストのところへ帰る方法はないし、廊下の向こうからはおいしそうなにおいが漂ってくる。フローレンスはキスされた喜びを抑えようと努めながら、夕食をごちそうになる決心をした。

8

ミスター・フィッツギボンはフローレンスを軽く後ろから押した。「真っすぐ台所へ行くんだ。クリブ夫妻は寝たあとだが、用意は全部できてるよ」

テーブルには一人分の用意が優雅にしつらえてある。ミスター・フィッツギボンは引き出しを開けてスプーンとフォークとナイフを出し、グラスや皿と一緒にきちんとテーブルに並べた。「座ってくれ。クリニックへ行った夜はここで夕食をするんだよ。そうしないと、クリブ夫妻が起きて待っているからね。構わないかい?」

フローレンスはおずおずとうなずいた。彼の新しい一面が見えたと思うと、そわそわした。スープをふたつのボウルによそうその手つきを見ると、彼が台所でも器用に動き回れる人であることがわかる。缶づめではない家庭で作られたクレソンのスープと新鮮なパンが非常においしい。その次にオーブンで温めてあったチキンパイとポテト、そして冷蔵庫に入っていたサラダ。フローレンスはとまどっていたことなど忘れて、適当に世間話をしながら食欲旺盛《おうせい》なところを見せた。彼のキスのことを意識してはいたが、考えないように努めた。コーヒーを飲んでいると彼が尋ねた。

「今週末はうちへ帰るんだね、フローレンス？」

「ええ、母と約束したので……。ジャム作りをするんです」フローレンスはドアの上にかかっている大きくて古風な時計に目をやった。「よろしければ、わたしはもう帰ります」

それから話のついでに尋ねた。「先生も今週末どこかへお出かけですか？」

「ああ、ぼくも君と同様に田舎へ行くんだよ」彼はフローレンスが立つと一緒に立ち上がった。「いや、全部そのままにしておいていい。ぼくが帰ってから片づけるからね」

彼はフローレンスをミセス・トウィストの家の玄関まで送っていき、受け取った鍵《かぎ》でドアを開けてからきいた。

「バスターに注意しなきゃならないかな？」

「いいえ、ミセス・トウィストと一緒に二階にいるはずですから。おいしいお夕食をごちそうさまでした。それから……毎週クリニックへ行く許可をくださってありがとう」ためらいがちに言葉を続ける。「でもそのあとでまたお夕食をいただくつもりはありませんから、どうぞご心配なく」

「ああ、それはもちろんだ。今夜は特別だったんだよ、そうだろう？」

彼が気軽におやすみと言うのを聞いて、なぜかフローレンスは腹が立った。おやすみなさいと素早く言って中へ入ったが、彼はドアを閉める前に言った。

「ぼくたちはいささか進歩し始めたね」フローレンスがどういう意味なのかきく間もなく、彼はドアを閉めた。

翌朝になると、前夜の出来事についてもう少し冷静な見方ができるようになった。クリニックに現れたわたしを見て、ミスター・フィッツギボンが驚き、気を悪くしたのは当然だ。でも、彼は寛大で礼儀正しかったから、食事に招いてくれたのよ。そう簡単に説明がついた。その説明にしっくり合わないのは、あのキスだけだ。しかし、フローレンスはそのことはもう考えないことにした。

ぎりぎり間に合った列車に乗って腰を下ろすと、フローレンスはシャーボーンに着くまで空想にふけった。同じ客室の子供が、シャーボーン近くの城を見て大騒ぎしなければ、フローレンスはヨービルかその先まで乗り越してしまったかもしれない。

母に電話をかけておいたので、プラットホームで父が待っていた。

ガッセージ・トラードへ帰る途中、フローレンスは父にこの一週間の出来事についてきかれた。帰宅すると、コーヒーとケーキを用意して待っていた母に同じ質問をされた。フローレンスがミスター・フィッツギボンに関する話はできるだけしないようにしていることに、ミセス・ネピアはすぐ気づいた。

フローレンスは帰郷できたことを嬉《うれ》しく思った。家の中でぶらぶらして、庭をじっくり見てから、母が買い忘れた食料雑貨を仕入れるために村へ行った。

店内では数人の村人が世間話を楽しんでいた。顔見知りの人たちばかりなので、フローレンスは家族の様子を尋ねロンドンでの生活に関する質問に答えた。

「煙だらけの汚い町ね」エプロンがけの女性が言う。「子供が住むような場所じゃないわ。ミセス・バージの末息子はね、ロンドンの伯母さんのところに行って一緒に住んでいたんだけど、胸の治療のために今は入院中なのよ」彼女はフローレンスを見てにっこりした。「あなたが勤めていたコルバート病院にいるの。とても優秀な先生に診てもらってるそうよ。フィッツなんとかっていうおかしな名の人でね、とっても体が大きくて親切なんですって。メルズにも家を持っていて、週末にはそこへ行くらしいの」

思いがけなくミスター・フィッツギボンの名を聞いて、フローレンスは赤くなった。彼女は幸い手に持っていたリストをうつむいてながめた。

店番のミセス・ホスキンズが牛肉エキスの瓶をカウンターに置いて、興味ありげにきいた。「その先生のことを、あなたは知っているんでしょう？　これが牛肉エキスのいちばん小さい瓶だとお母さんに言ってちょうだい」

「それと、チェダーチーズを四、五百グラムほど」フローレンスは言い、彼のところに勤めていることは村中に知れているに違いないと思って答えた。「ええ、わたしの雇主なんです。とても優秀な外科医で、子供の扱い方もお上手なの」

周囲の人々は満足げに何かつぶやいている。エプロンがけの女性がしたり顔で言った。

「ほら、わたしが言ったとおりでしょ？　彼の住まいはここから一時間足らずのところよ」ロールスロイスでなら三十分で来られるわ。フローレンスはそう思いながら、りんご酢をひと瓶注文した。近くに住んでいるのだからわたしを便乗させることは簡単なのに、彼にはその気がなかったんだわ。

帰宅したフローレンスは、庭へ出て激しい勢いで雑草を抜き始めた。ミセス・ネピアはその様子を窓越しに見ていた。そして横に座っている夫に、何かがフローレンスの気に障ったらしいと言った。

「なんだったのかしら？　もちろん、草抜きをしてもらえるのはありがたいけど」

ネピア牧師は、新聞から目を離さずにうなずいた。

日曜学校の教師のひとりが旅行中なのでフローレンスは幼児クラスの代理を務めることになった。彼女は日曜の朝早く起き、ヒギンズを連れて早朝の礼拝をつかさどる父を教会まで送っていった。それから門を抜けモット農場へ続く小道を歩いていく。柵《さく》を越えて乗馬道に出たら、やがて村の反対側に着く。

天気は上々だ。辺りにはロンドンでは聞くことができない田舎の音があふれていた。鳥がさえずり、羊が鳴き、農耕機のエンジンがかかる音がする。やがて教会の時計が八時を知らせた。時間は充分にある。父は九時まで戻らないし朝の礼拝が始まるのは十一時だ。フローレンスは倒れた丸太に腰を下ろした。ヒギンズがうさぎを見つけようとして茂みのあちこちにぎこちない格好で飛び込むのをながめながら、彼女はミスター・フィッツギボンのことを考えていた。

彼はちょうどそのとき、ミセス・ネピアの台所に座ってモンティーを足元に従え、くつろいだ様子でお茶を飲んでいた。

ミセス・ネピアは、卵とベーコンとマッシュルームの朝食を用意していたが、驚くこともなく満足げに彼を迎えた。母親の勘が当たっていたのはありがたいことだ。フローレンスが懸命に草抜きをしたり、長い散歩に出かけたり、この一週間の仕事の話をしたときにミスター・フィッツギボンのことに全然触れなかったりしたわけがこれでわかった。ミセス・ネピアは彼にお茶を出し天候の話をしてから、フローレンスがヒギンズと散歩に出たことを話した。

「それがうちへ帰っているときの日課なんですよ」ミセス・ネピアはさり気なく説明する。「小道を通ってモット農場へ行き、それから柵を越えて乗馬道に出ると村の反対側に着くんです」彼女は訪問客の顔を見てほほ笑んだ。「遠くからいらしたんですか？　まさかロンドンから？」

「いや、メルズに家があるんです。ご存じですか？　ここからあまり遠くないところですよ」

「きれいな村ですわ。一緒に朝食をしていらしたらいかが？」

「それはいいな。ミスター・ネピアは教会ですか？」

「ええ、九時ごろ戻ります。朝の礼拝は十一時で、フローレンスは日曜学校の幼児クラスを教えるはずです」

彼はほほ笑みながらカップを置くと、穏やかな口調で言った。「今行ったら、彼女に追いつけるかもしれませんね」

「ゆっくり歩いてますから簡単ですよ。ヒギンズはうさぎを探すのが好きでね――一匹も見つけたことがないのに、それが楽しみなんですよ」

彼が去ったあと、ミセス・ネピアはしばらく料理の手を休めて空想にふけった。彼はすばらしい男性だ。誇り高くて他人行儀で頑固かもしれないけれど、その代わり頼もしくて自分の進む道をはっきり持っている。彼がフローレンスを望んでくれると本当にいいのだけれど。


ミスター・フィッツギボンはたやすくフローレンスを見つけた。彼女はうわの空でまだ丸太に座っていた。しかし、モンティーがヒギンズを見て騒々しく駆け寄っていったので、フローレンスは何事かと思い、辺りを見回した。

ミスター・フィッツギボンはゆっくりと近づいていった。彼女の赤銅色の髪に輝く日光と、鼻柱にかすかに浮いているそばかすをうっとりとながめた。色あせたブルーのコットンドレスと、素足に突っかけた古いサンダルが本当によく似合っている。絵にかいたような美しい姿だ。もし彼女が馬鈴薯《ばれいしょ》用の麻袋を着ていても、そう思ったに違いない。けれども、彼女に最新流行の身なりをさせ、ジュエリーをつけさせたくてむずむずしたことがないわけではない。彼はそんな考えを無理に抑えながら歩いていって、フローレンスに軽く朝の挨拶《あいさつ》をした。

「上天気だからモンティーが散歩したがったんだ」

フローレンスは彼を注意深く見た。「メルズからわざわざいらしたんですか？」彼が驚いた顔をしたのを見てつけ加える。「昨日、村のお店でミセス・バージの末息子の話をしていた人が、先生はメルズにお住まいがあると言ってました」

彼はフローレンスの横に腰を下ろした。「ああ、そうか。ビリー・バージは勇気のある男の子だよ……嚢胞性線維症《のうほうせいせんいしょう》でね。そろそろ療養所に移れるところまで回復している。この近くなら家族が簡単に見舞いに行けていいと思うよ」腕時計に目をやる。「君と一緒に行ってもいいかな？　お母さんが朝食は九時だと言っておられたから……」

「うちへ寄ってらしたんですか？」

「探検したくなってね。君がここに住んでいることを思い出したんだ」ミスター・フィッツギボンはよどみなく言う。それ以上説明する気はないようだ。

フローレンスは立ち上がった。ヒギンズとモンティーも早く出発したがっている。「村を回っていく時間はあるようだわ。この道は村の反対側にある学校のそばに出るんです。遠くはありませんから」

「ぼくでもついていけそうだ」あまりにも温順な言い方だったので、フローレンスは疑わしげに彼を見たが、彼の顔には皮肉っぽさなど全然浮かんでいなかった。二人は、周囲の地域や村人や田舎暮らしの楽しさなどについて気楽な会話をしながら歩いていった。牧師館に着くころには、フローレンスは、なぜか久しぶりで楽しい気持になっていた。彼女はミスター・フィッツギボンのことを、アレクサンダーと胸の中で呼び始めていた。

皆はそろって台所で朝食をとった。テーブルにはのりの利いた白いテーブルクロスがかけられ、食器はブルーと白の陶器だ。ミスター・フィッツギボンは食事を充分に楽しんだあと、あと片づけを手伝い、フローレンスはひどく驚かされた。

父が彼を朝の礼拝に誘った。フローレンスは喜んでいいのかどうかわからなかった。

「ぜひ出席なさるといいわ」ミセス・ネピアが言う。「そしてここで昼食を召し上がれ。それとも庭でお休みになりたければ、それもいいし」

彼は教会へ行くことにすぐに同意し、昼食の招待も受け入れた。

「まあ、よかった。ロンドンへはいつお帰りですか？」

「今夜です。フローレンスも一緒に帰ったらどうかな？」彼はテーブル越しにほほ笑みながらフローレンスを見た。「そうすれば時間の節約になるよ」

「あの、ええ、ありがとう。でもお宅へお帰りになりたいでしょう?」フローレンスはほおを染めた。「先生の一日を台無しにしたくはありません」

「台無しになんかならないよ。帰りがけに寄ればいいんだ。君がいつもより少し早く出発することに異議がなければ」

これでは断りたくても断れない。母は大喜びでにこにこしているし、父は日曜の列車はいつも遅れるので、娘が夜遅くロンドンに着くことが心配だと言っている。

ミスター・フィッツギボンは静かにうなずき、穏やかに言った。「さあ、これで決まった。犬をどうしたらいいかな? ぼくたちが教会にいる間、大丈夫でしょうか?」

「ヒギンズはいつも音楽室に入って満足しているから、モンティーも一緒に落ち着くでしょう」ミスター・ネピアは時計を見た。「フローレンス、日曜学校を教えるのならそろそろ着替えたほうがいいよ」

フローレンスは二階へ行った。誰かが今日という日を奪い取り、中身を変えてからまた返してくれたような感じだ。フローレンスは、淡いグリーンのクレープのワンピースに着替え、髪を結い上げて化粧をし、再び階下へ下りていった。

ミスター・フィッツギボンはネクタイをしめて仕立てのいいブレザーを着て立っていた。乗馬道で会ったときは、たしかネクタイなしの開襟シャツ姿だったはずなのに。彼はからかうような微笑を浮かべている。フローレンスはそれを見て悟った。わたしが何を考えているか、彼にはすっかりわかっているんだわ。

「いってきます」フローレンスは皆に言い、ほおを赤らめてそこを飛び出た。

クラスには大勢の子供がいた。教会の信者が多いので、子供の数も多いわけだ。フローレンスは教会の横にある小さな講堂で聖書の話をし、黒板に絵をかいて説明した。規定の時間が来ると皆を一列に並べ、礼拝の最後の数分間に参加できるように教会まで行進させた。

もぞもぞ動き回る子供たちを優しく扱って落ち着かせているフローレンスを、ミスター・フィッツギボンは楽しい気持でそれとなく見守った。その横でミセス・ネピアは帽子の陰から彼をながめ、希望に満ちた幸せそうなため息をもらした。

牧師館に戻ったフローレンスは、彼と一緒に過ごさないですむように幾つも用事を考え出した。ダイニングルームのテーブルをしつらえ、オーブンの中のローストビーフを調べ、つけ合わせを用意し、苺《いちご》のタルトを皿に並べる。応接間でシェリー酒を飲んでいる父母とミスター・フィッツギボンのところへ行きたくなかったので、のろのろと動いた。彼が家族の友人になってしまったいきさつが、どうもよくわからない。「厚かましいにもほどがあるわね」台所の椅子で丸くなっているチャーリー・ブラウンにつぶやくと、彼は返事の代わりにしっぽをゆっくり揺り動かしてみせた。

結局フローレンスは応接間へ行かざるを得なくなり、急いでシェリー酒を飲むと、父にローストビーフをスライスしてくれるように頼んだ。自分がいつもの冷静さをすっかり失っていることはわかっているが、どうすることもできない。しかし、いったん皆と食卓につくと、フローレンスは落ち着きを取り戻して食事を楽しむことができた。ミスター・フィッツギボンは礼儀正しく、会話がうまく、聞き上手でもある。母が作ったおいしそうな苺のタルトが出されるころになってようやく、フローレンスは初めてテーブル越しに彼のほうを見た。その瞬間、彼を愛しているという事実が頭にひらめいた。口がかすかに開き、ほおが青ざめ、大きな興奮がわき上がる。

このことは絶対に誰にも知られてはならない。フローレンスは皿を配り、クリームを勧め、タルトの味について話をするときに、いつもとは似ても似つかないこわばった声を出した。ミセス・ネピアがフローレンスに鋭い一瞥《いちべつ》を投げた。ミスター・フィッツギボンは、きらめきを隠すため伏し目がちに、フローレンスの顔にいろいろな考えがよぎるのを見ている。

フローレンスは皿を下げてコーヒーを取りに行った。足が地につかないような感じだ。わけのわからない考えが頭の中で渦巻いている。一時間ほどひとりで過ごせたらいいのに……。そう思ったが、そんな機会はなさそうだった。父が皿を洗うと宣言すると、ミスター・フィッツギボンが手伝うと言った。まるで日曜日にはいつも皿洗いをするとでも言いたげな、気さくな口ぶりだ。それでフローレンスは、母と一緒に庭へ出て古い寝椅子に座った。二匹の犬が足元で寝そべっている。

「器用なかたね」母が言う。「おうちではきっと、ご自分のことをいろいろなさるんだと思うわ」

「ロンドンのお宅には執事とコックがいるのよ、お母さん。メルズのことは知らないけど。もし小さいコテージなら、自分のことは自分でなさらなきゃならないかもしれないわね」

「どんなおうちか教えてちょうだい、ダーリン。帰り道にそこへ寄るんでしょう？　お茶のときに軽いデザートを出しましょうね。何時ごろ出発なさるのかしら？」

「知らないわ」フローレンスは冷たく言った。

二人の男性は皿洗いをすませると、犬を連れて散歩に行った。フローレンスは複雑な気持で二人を見送り、うとうとしている母の横でどうするべきか決めようとした。いつもの事務的な態度をミスター・フィッツギボンの前で続けることはむずかしい。でも、続けることが困難になったら辞職せざるを得ないわ。彼に二度と会えないようなところへ行ってしまわなくてはならないのだ。くよくよ考えているところに二人が戻ってきた。フローレンスが家の中へお茶を取りに行くと、ミスター・フィッツギボンがついてきてトレイを庭へ運び出してくれた。彼の気さくな振る舞いのおかげでフローレンスはやがて落ち着くことができた。気持をかき乱されているのはわたしだけ。ほかの人は何も知らないし、知らせてはならないわ。

お茶のあとで、そろそろ出発しようとミスター・フィッツギボンに言われ、フローレンスは二階へ旅行鞄《かばん》を取りに行った。父と母にさよならを言ってチャーリー・ブラウンとヒギンズを抱きしめてから車に乗り込む。彼女は窓から顔を出して、週末にまた帰ってくると言った。

ミスター・フィッツギボンは慣れた様子でメルズに車を走らせた。フローレンスは不安と興奮が入りまじった気持だったが、彼が個人的なことには全然触れずに取りとめのない話をしてくれたおかげで、日ごろの分別を取り戻していった。

彼の家をひと目見るなり、フローレンスは息をのんだ。「まあ、なぜロンドンでの生活にがまんなさってるのかわからないわ。あのばらのきれいなこと……」

ミスター・フィッツギボンが穏やかに言う。「確かにここは気に入ってるが、ナイツブリッジの家も好きなんだよ。ぼくは両方の世界に恵まれて得しているわけだな」

「そのためにお仕事に励んでこられたんですね」フローレンスはそう言うと、ナニーが玄関の横の窓からのぞいているのには気づかずに車を降りた。

この人に決まるらしいわ、感じのいい娘さんだこと。ナニーはそう思って嬉しくなった。美しくて体つきもちょうどいい。やせっぽちの女の子などには構っていられないもの。すてきな結婚式や、この古い家の中を子供たちが駆け回る様子を頭に浮かべながら、満足げな表情でドアを開けた。

ミスター・フィッツギボンはナニーの表情を見て微笑したが、厳粛な顔つきでフローレンスを紹介した。「書類を取りに来たんだよ。ナニー……おいしいお茶をすませてきたところだが、出かける前に何か軽い夕食を作ってくれないか？」フローレンスのほうをうかがうと、喜びと不安といら立ちが彼女の顔に表れては消えていった。「ここにいる間に庭を見たいだろう？」

「お任せください、アレクサンダー様」ナニーがてきぱきと言った。「チキンサラダとチョコレートカスタードを、三十分後ではいかがですか？」

「それはいいな、ナニー。遅くとも九時には出発したいから」

二人の間に立っていたフローレンスは、誰かにスケート靴をはかされ、前へ押し出されたような気持になった。「あの……」

「よし、それじゃついておいで。家の横にすばらしいばらがあるんだ。カサブランカ種の百合《ゆり》もね。ぼくが去年ペルー産の百合の後ろに植えたのさ」

彼は先に立って家の側面に出た。庭先に藤《ふじ》とクレマチスと時計草におおわれた赤れんがの壁が見えた。グリーンのベルベットのような芝生は、小道と華やかな夏の草花に縁取られている。突き当たりに円形のばら花壇があった。モンティーが大喜びで行ったり来たりしている。フローレンスは百合を見て感嘆し、かがみ込んでばらの香りをかいだ。

「もちろん庭師がいるんでしょうね？」

「ああ。でも週末に一時間ほど暇があれば、ぼくも庭仕事をするよ」

「ここから通勤なさることは無理かしら?」

「不可能じゃないが、まだその気はない。いずれ妻と子供ができたら考えてもいいけれどね」

「エリノア――ミス・ペイトンはとてもおきれいで、すてきなお洋服をお召しですね」フローレンスは考えていたことを、知らないうちに口に出してしまっていた。

「ああ、魅力的だ。君も服は好きかい?」

「ええ、でもわたしの生活様式は全然違いますから」

「彼女のような生活をしてみたい?」

「いいえ、退屈でうんざりするに決まってますから」フローレンスは立ち止まってばらをながめた。「これはきれいなスーパースター種だわ。刈り込みは秋に、それとも二月になさるんですか?」

二人はモンティーを連れて楽しく会話を交わしながら、きれいな庭をぶらぶら歩き回った。わたしは彼を愛しているし、一緒にいると楽しい……。

やがて二人はナニーに夕食に呼ばれた。コールドチキンのサラダにはレタスとトマトだけでなく、りんごやナッツやぶどう、チコリにミントまで入っている。ポテトと手作りのドレッシングもあった。ミスター・フィッツギボンは運転しなければならないので二人は冷たいレモネードを飲んだ。食事の最後に約束どおりチョコレートカスタードが出た。

「このすばらしい夕食のお礼が言いたいけど、彼女の名前がわかりません」フローレンスが言う。

「ナニーだよ」

「それはわかってますけど、赤の他人のわたしがそんなふうになれなれしく呼んでは失礼です」

「ミス・ベッツだ。台所へ行ったらいい。十分ほどで出発だからね」彼はドアを開けた。

「階段の横のアーチ形の出入口の奥だ」

部屋を全部見せてもらいたかったのに。そう思いながらフローレンスは廊下を歩いていった。応接間もダイニングルームもすてきだが、ほかにも三つドアがある。アーチ形の出入口の先にあるドアは閉まっていたのでフローレンスはノックした。

どうぞ、とナニーが言うのが聞こえた。台所は家の後部にあって、大きくて古風な部屋だが、あらゆる便利な設備が整っているように見える。ナニーはテーブルの前に立ってふさすぐりの入ったボウルを調べていたが、フローレンスが入っていくと、顔を上げてにっこりした。

「おいしいお夕食のお礼を言いたいと思って……ミス・ベッツ」フローレンスが言った。

「大変お手数をかけてしまいましたね」

「あら、ミス・ネピア、とんでもない。食事を食べてもらえるのは嬉しいものですよ。アレクサンダー様のお客様が食べ物をつっつき回すのを見て、泣きたくなることがあるのでね。ほら、アレクサンダー様がすぐりを取りにいらしたわ。ミセス・クリブは果物のタルトを作るのが好きだし、うちでとれる果物ほどおいしいものはありませんからね」

ミスター・フィッツギボンが背後に立っているのに気づいて、フローレンスは、きびすを返して出ていこうとした。

「ミス・ベッツなんて呼ばなくてもいいんですよ、ミス・ネピア。アレクサンダー様と同じようにナニーと呼んでください」彼女はにっこりした。「またお会いしましょう」

フローレンスはどっちつかずの返事をした。またここへ招待される気でいると、ミスター・フィッツギボンに思われたくない。

やがて二人はモンティーを後ろに乗せて出発した。

「モンティーは田舎が好きなんでしょうね」フローレンスはなぜか黙っていられなくなり、必死にしゃべり始めた。

彼女が口を閉じてひと息ついたときに、ミスター・フィッツギボンが優しく言った。

「そんなに無理をすることはないよ、フローレンス。君が黙っていてもぼくは満足なんだ。それから仕事のとき以外は、ぼくをアレクサンダーと呼んでくれないか？」

フローレンスは前をじっと見つめた。なんて失礼な……。黙っていてほしいのなら黙っていてあげるわ。彼女はこわばった口調で言った。「そうおっしゃるならそうしましょう」あんなことを言われたあとで、彼を〝アレクサンダー〟なんて呼ぶ気になどなれないわ。診療所へ戻るまでお待ちなさい。ミスター・フィッツギボンと呼ばれるのがいやなら、〝先生〟と呼んであげますからね。

「ふくれることはないよ」彼が静かに言う。「君はまたいつものように思い違いをしているね。でも今誤解を解こうとしてもむだだろうね」

しばらく無言で車を走らせたあと、彼は言った。「明日の朝、ミス・マクフィンに会いに病院へ行ってほしい。ぼくは九時に回診をするから、八時半までに診療所で待っていてくれないか？」

「はい。最初の患者さんは十一時半の予定です」

「ミス・マクフィンに会ったあと、君ができるだけ早く戻れるようにするよ。ぼくはコルバート病院へ行く前にミセス・キーンに会う暇がないから、火曜の朝の予約を変えるように頼んでくれ。ぼくは一時まで用があるから、午後と夕方に組み込んでもらいたいんだ。君も遅くまで働くことになるよ」

「はい」フローレンスは再び言うと、窓の外をながめた。二人が黙っているうちに、ミセス・トウィストの家の玄関に着いた。

フローレンスが礼の言葉を述べ始めると、彼がさえぎった。

「そんなことはどっちでもいい。君はすっかりむくれているが、今話をする時間はないんだ」

彼はそう言いながら車を降りてフローレンスの側のドアを開ける。フローレンスは昂然《こうぜん》と車を出たが、舗道につまずき、彼が腕を取った。

「ほら、高すぎるプライドはつまずきのもとになるよ」彼はドアの前までフローレンスを引っ張っていって鍵を開けた。「君が不機嫌な理由をぼくはわかっているつもりだが、確信がないから今のところこのままにしておくよ。君は風に吹かれてあらゆる方角へ動く風《かざ》見鶏《みどり》みたいだな」彼は急にかがみ込んで素早くキスをした。「おやすみ、フローレンス」

彼はドアを開けてフローレンスをそっと中へ押し込み、また静かに閉めた。

フローレンスはじっとそこに立ったまま、風見鶏と呼ばれたわけを考えようとした。しかし、ミセス・トウィストがバスターを抱いて出てきたので、すぐにやめざるを得なかった。

「車の音がしたように思ったのよ。送ってもらったの？　ちょうどお茶をいれるところなの。一緒に飲んでちょうだい」

フローレンスは、ミスター・フィッツギボンも彼の言葉も頭の後ろへ押しやって、椅子に腰を落ち着け、週末のいきさつをかいつまんで話した。それから明朝早めに出勤しなければならないからと言って席を立った。

「あなたは疲れているようだから、きっとぐっすり眠れますよ」ミセス・トウィストが言う。

しかしそうはいかなかった。いろいろな考えが頭を巡り、フローレンスはほとんど眠れない一夜を過ごした。ミスター・フィッツギボンの昨夜の言葉も、あのキスの理由も、いっこうにはっきりしないまま、フローレンスはうずく頭をかかえて起き上がった。

9

フローレンスは出勤する気になれなかったが、少しだけ朝食を食べ、時計をにらみながら急いで診療所へ行った。彼女が着くと同時に、ロールスロイスが静かに来てとまった。ミスター・フィッツギボンがドアを押し開けて朝の挨拶《あいさつ》をし、フローレンスに乗るように言う。そして残酷に聞こえるほど明朗な声で、顔色が悪いが病気ではないかと尋ねた。

「とんでもない。気分は上々です、ミスター・フィッツギボン」

「アレクサンダーだ」

「いいえ……」

彼は朝の車の流れの間を縫っていきながら言う。「いいえだって？　ああ、少しは時間がかかるだろうな。それに君はいまだにむくれているね？　睡眠不足のせいかい？　目前に忙しい一日が控えているからちょうどいいな」

ミス・マクフィンは、ベッドの横の椅子にクッションに囲まれて座っていた。彼女は二人を大喜びで迎え、ベッドに座るように勧めた。「禁じられていることはわかってますけどね」くすくす笑う。

「でもあなたに文句を言う人なんかいないと思うわ、アレクサンダー」彼女はフローレンスを見てにっこりした。「また会えて嬉《うれ》しいわ。あなたは本当にきれいだから、見ているだけで元気になれますよ」

　フローレンスは赤面して目をふせたが、ミスター・フィッツギボンが言った。

「ええ、そうですよ。それにとても働き者なんです」彼は立ち上がった。「看護師に話をしてこなきゃならないが、フローレンスを連れて帰る前にもう一度寄りますよ」

　彼が去るとミス・マクフィンは言った。「アレクサンダーはあなたをこき使っているの？」

「いいえ、時間が不規則なことはありますけど、病院の仕事に比べたら楽です」

「彼自身が働きすぎね。結婚するつもりだと聞いて、わたしはほっとしているの。そろそろ落ち着いて子供を育てるべきなのよ」

　ひざの上に両手を組み合わせていたフローレンスは、静かにうなずいた。

「あなたの週末はどうだったの？　おうちはシャーボーンのそばなんでしょう？　とても景色のいいところだわ。以前友達がそこに住んでいて……」

　やがてミスター・フィッツギボンが戻ってきて、ミス・マクフィンに言った。「もうしばらく入院していてください。退院後は妹さんのところへ行ってもいいですよ。胸の音を聞きましょう……非常にいい調子だ。また明日来ますからね」

「ありがとう、アレクサンダー。それからあなたも来てくれてありがとう、フローレンス。また寄ってちょうだいね」

「ええ、夜でもよろしければ」フローレンスが言う。

フローレンスがかがみ込んでミス・マクフィンのほおにキスすると、彼女が言った。

「本当はそれがいちばんいいのよ」フローレンスはきょとんとしたが、ミスター・フィッツギボンの整った顔には、ためらいがちな微笑が浮かんだ。

道はかなり込んでいた。彼は無言で運転している。診療所に着いて初めて彼は口を開き、ミセス・キーンに明日の予約に関する伝言を忘れないようにと言った。

彼がドアを開けてくれたので、フローレンスは注意深く車を降りた。またつまずきたくない。そして彼女は静かに言った。「わかりました、先生」

「やあ、今度は先生か。振り出しへ逆戻りだな」

フローレンスは足を止めた。「それはどういう意味なのか、わかりません」

「わからない？　それじゃ、考えてみてくれ。時間ができしだい話をしよう。ぼくの忍耐力にも限度があるからね」

フローレンスははっとして彼を見た。表情も声も穏やかだが、グレーの瞳は冷ややかだ。

フローレンスはたじろいだ。しかしここで負けているわけにはいかない。「それならできるだけ早く、二、三分時間を作っていただきたいものです」フローレンスは赤銅色の頭を高く上げて、彼より先に歩き出した。彼の返事は聞き取りにくかったので無視した。どうせそれは失礼な言葉だったに決まっているから。

一時まで予約がぎっしりつまっている。彼には歯ぎしりしたくなるほど丁重に扱われ、また、フローレンスはそれに丁寧に対応したのでひどく疲れた。それで彼女は午後の診察が始まるまでに心を決めた。衝動的なたちではないが、全然関心を持ってくれない人のところで働くことには耐えられそうにない。彼が二時に戻ると、最初の患者があと十分で来るというときに、フローレンスはドアをノックして入っていった。

彼は書きものから目を上げた。「なんだい？」彼が腕時計を見たので、弱気になりかけていたフローレンスは憤然とした。

「一分以上お時間は取らせません、ミスター・フィッツギボン。辞めさせていただきます。もちろん契約に従ってひと月先に」

彼はペンを下に置いた。驚きが考え深い表情に変わると、魅力的な微笑が浮かんだ。

「いいな、こんな結構なことはないよ、フローレンス。あとひと月残る必要はない。今週いっぱいで辞めたらいいいんだ。あの契約は取り消すことにしよう」

フローレンスは、そんなことを言われるとは夢にも思っていなかった。「でも、看護師なしになるんですよ」

「ぼくは数人の応募者の面接をしてきたんだよ。ぼくのひと言でいつでも働き始めてくれる人はいるんだ」

彼はわたしが泣き出すのを待っているんだわ。フローレンスは思った。でも泣いたりするものですか。声がほんの少しだけ震えた。「よかったこと。それなら、もうこれ以上言うことはありませんね」

「そうだな」彼は再びほほ笑んだ。「ミセス・キーンに入ってもらってくれないか?」

ミセス・キーンはタイプライターから目を上げた。「どうかしたの? 真っ青よ。大丈夫?」

「ええ、ありがとう。ミスター・フィッツギボンが来てくださいって」

幸いちょうどそのとき最初の患者が現れたので、フローレンスはいつもどおり忙しくなった。夕方が近づくにつれて、ミセス・キーンはフローレンスが辞める話は何も聞いていないことがわかった。ミスター・フィッツギボンが話すだろうと思っていたのに。最後の患者の診察を終えて彼がコルバート病院へ行くのを待ってから、フローレンスはミセス・キーンに打ち明けた。

「いったいどうして?」ミセス・キーンがきく。「ここで満足して働いていたんじゃなかったの?」

「ええ、仕事は気に入っているんだけど……辞める理由はそんなことじゃないの。ミスター・フィッツギボンは、わたしが去ったらせいせいなさると思うわ。はっきりそうはおっしゃらなかったけど。月曜から来られる看護師もいらっしゃるんですって」

フローレンスは、悲しげなブルーの瞳でミセス・キーンを見た。日ごろ全然感傷的でないミセス・キーンは、彼女の目を見るとのどに塊が込み上げるのを感じた。「残念ね。びっくりしたわ。わたしはてっきり……そんなことはもうどっちでもいいけど。もう一杯お茶を飲んで、何か計画があるのかどうか話してみてちょうだい」

フローレンスはかぶりを振った。「今のところないの。でも、できるだけ早く就職するつもりよ。ロンドンじゃなく、海外へでも行こうと思って……」

ミセス・キーンは、片思いがどんなものか知らないほど年老いているわけではない。ニュージーランドならよさそうだと励ますように言った。「それに世界は狭くなるいっぽうだから、距離なんかは問題じゃないわね」

いつものバスに乗り遅れそうだが、日ごろ冷静で分別のあるこの娘が悲嘆に暮れているのをほうって行ってしまうわけにはいかない。ミセス・キーンはお茶を注《つ》ぎ直した。「今朝噂《うわさ》を聞いたわ。ミセス・グレッグとレディー・ウエルズがエリノア・ペイトンの話をしていたのよ。彼女は中部地方に幾つも工場を持っているお金持と結婚するんですって。ミスター・フィッツギボンが彼女につかまらなくて、本当によかったわ。彼女は一生懸命だったけど、先生は彼女を愛していらっしゃらなかったのよ。連れて歩くには楽しいお相手だったんでしょうけどね。先生だって寂しい思いをなさることはあるはずだし」

「そんなことはないと思うわ。何もかも先生の意のままになる世の中ですもの。そうじゃなくて?」

フローレンスの顔色がよくなってきたので、ミセス・キーンは安心して帰ることにした。フローレンスはミセス・トウィストのところへ戻り、なんとか夕食を食べてから辞職したことを彼女に話した。彼女は矢継ぎ早に質問をしてきたが、フローレンスはうちへ帰らねばならない事情があるから、とだけ説明した。「予告できなかったことなので、おっしゃるとおりの額を払います、ミセス・トウィスト。わたしが出るまでには次の下宿人は見つからないでしょうから」

「そのことだけど、わたしはマーゲートに住む妹のところへ、バスターを連れて遊びに行こうかと思っていたところなの。あなたは優しい娘さんでいい下宿人だったから、これから寂しくなるわ」

フローレンスは再び寝苦しい一夜を過ごしてから、翌朝いやいや出勤した。ミスター・フィッツギボンの態度はいつもどおりによそよそしい。彼は天候のことに軽く触れてから、今夜はイーストエンドのクリニックへ行く夜だと言った。フローレンスはなんとか一日を切り抜け、タクシーでクリニックに行った。ダンがすでに来ていた。部屋は患者でいっぱいだ。いつもの優しい女性の代わりに、地味な帽子をかぶった女性がデスクについていた。

「先生はここへ来る途中だってさ」ダンが言う。「君が辞めるとかいう話はどうなんだい?」

「誰があなたに話したの?」

「思い出せないな……こういう話はすぐ広がるものだよ」ダンは微笑した。ミスター・フィッツギボンがフローレンスと結婚するつもりだという話にもそんなに驚かなかった。彼ははっきりそう言ったわけではないが、一週間休暇を取るから、留守中病院での仕事を頼むと言っていた。

ダンはそのわけをきこうとは思わなかった。ただ、フィアンセと一緒に結婚前に計画しているパーティーに彼を招待した。〝フローレンスも呼ぶつもりなんです〟ダンはつけ加えた。〝ぼくたち二人の昔からの友達なので〟

ミスター・フィッツギボンはダンに冷ややかな目を向けた。〝フローレンスは今週いっぱいで辞めるよ〟相手にそれ以上何も言う余地を与えないような声だった。しかしダンは、彼がどんな目つきでフローレンスを見るか知っていた。この一週間の休暇の間に問題がうまく片づけばいいが、とダンは思った。

そこへミスター・フィッツギボンが入ってきた。彼はいつものように皆に挨拶し、一同は仕事に取りかかった。長い夜になった。帽子をかぶった例の女性が患者を扱うのが不慣れだったので、いつもより時間がかかった。最後の患者が去ったあと、ミスター・フィッツツギボンは、ダンにフローレンスを送るように促した。「ぼくはもうしばらくここで書きものがあるが、待ってもらう必要はないよ」

金曜の夜、診療所をきちんと片づけ、荷造りをすませて、フローレンスはバスでコルバート病院へ向かった。フローレンスはミス・マクフィンを見舞うと約束をしていたが、これが最後の機会だった。

ミス・マクフィンは、ほとんどもとのように元気を取り戻しているように見えた。彼女は、明日か明後日、妹の家へ行くつもりだと言い、アレクサンダーになんと礼を述べたらいいかわからないとつけ加えた。「彼は親切な人ね。だから患者の間でとても人気があるんだわ。お友達としてもいい人だしね。あなたもそれに気づいたでしょうけど」

「ええ、先生のところで働くのは楽しかったです。でも、わたしは明日ロンドンを去るんです。うちの手伝いをしなくてはならないので」

フローレンスの事情をよく知っているミス・マクフィンは同情を込めて言う。「お母さんが病身なんですってね。親の面倒を見るのが、子供の第一の義務だわ。でもお勤めが懐かしくなるんじゃないかしら?」

「そうだと思います。幸いミスター・フィッツギボンは、わたしの後任を見つけられました」

「あなたがいなくなったら、アレクサンダーは寂しがるでしょうよ。あなたも寂しくなると思うわ」

「とてもやりがいのある仕事でした」フローレンスは本当のことを暴露しないように努めながら言った。

フローレンスは、ミセス・キーンにはすでにさよならを言った。そしてミスター・フィッツギボンに正式に別れの挨拶をしようと身構えていたのに、彼は思ったより早くコルバート病院へ行ってしまった。彼は出ていく前に戸口で足を止め、明るい声で言った。「必要なら身元保証書を書いてあげるよ。君ならきっといい仕事が見つかるだろう」

彼は握手もしてくれなかった。フローレンスはそれを思い出して憤慨した。

忠実で慎重なミセス・キーンは、彼が翌週の予約を全部変更し、一週間の休暇を取る予定だということをフローレンスには話さなかった。彼は理由も行く場所も告げなかったが、たやすくごまかされるようなミセス・キーンではない。「きっと結婚式に招いてもらえるわ」ミセス・キーンは浮き浮きしながら夫に言った。「新しいドレスが要るわね……」

フローレンスは涙ぐむミセス・トウィストに別れを告げてから、早朝の列車に乗った。去っていく前にミスター・フィッツギボンにひと目会いたいという切ない望みはかなわなかった。フローレンスは将来のことを考えながら窓の外を見たが、何も目に入らない。自業自得で失業し、彼を忘れることも彼に再び会うこともできなくなったのだ。こんなことを考えていても仕方がないわ。ポケットの中の給料と、うちの台所で光っている新しいおなべと、洗濯機のことでも考えよう。それにうちへ帰ったら、当分ミス・ペインに雑用を頼まずにすむわ。フローレンスは買うつもりだった優雅なイタリア製のサンダルのことは頭から押しのけ、父と母になんと言うべきかということに注意を集中した。電話で話すべきだったかもしれないが、説明するのに時間がかかっただろうし、それに説明のしようがなかったのだ。フローレンスがシャーボーンで降りると父が待っていた。

彼はすぐにスーツケースを見て言った。「休暇を取ったのかい？　それはよかったね」

「わたし、辞職したのよ、お父さん」フローレンスは無感情に言う。

娘の顔を見て、彼は優しく言った。「お母さんが喜ぶだろう。気候のいいときだしね」

父は車にスーツケースを入れ、ヒギンズがフローレンスを歓迎する間、辛抱強く待っていた。

家路につく間、話すことはいくらでもあった。村のゴシップ、洗礼式や結婚式のこと、牧師館の屋根の修理の話。フローレンスが家に入っていくと、母は台所のテーブルについて豆の皮をむいていた。

「おかえりなさい、ダーリン」ミセス・ネピアはフローレンスの青ざめた顔に目をやった。

「疲れてるようね。お休みをもらったら？」

「そんな必要はないのよ、お母さん。お勤めを辞めたの」フローレンスはみじめな表情で言う。

「不満だったのなら、辞めるべきだったのよ。あなたが帰るとまた楽しくなるわ」

フローレンスは母の前に腰を下ろした。「何かほかの仕事を見つけるまではね。すぐ就職したいと思うけど、まともに考える暇がなかったの」

「ゆっくり決めたらいいわ。二、三日何もせずに過ごすのもいいわよ」母は突然にっこりした。「あなたが帰ってよかったこと」

フローレンスはテーブルの向こうへ回っていって、母のほおにキスをした。「いずれ話してあげるわね。でも今はまだだめなの」

フローレンスは自分の部屋へ行って荷物を解くと、コットンのワンピースに着替えた。午後中庭仕事をしたら、頭がすっきりするわ。忙しく過ごしていれば彼のことを考えずにすむし、いずれすっかり忘れてしまえるかもしれない。ヘアピンを抜いて髪をざっと後ろにまとめると、階下へ行って母が昼食の用意をするのを手伝った。食欲はなかったけれど、ウィンポール街での仕事についてしゃべりながら食事を楽しむふりをした。皿を洗い終わり、母を庭の椅子に座らせると、口笛を吹いてヒギンズを呼ぶ。庭仕事を始める前に、ちょっと散歩でもしてこよう。

フローレンスが三十分後に戻ると、家の前にロールスロイスがとまっていて、ミスター・フィッツギボンが母の椅子の横の草地に座っていた。彼の足元で遊ぶモンティーを見て、ヒギンズは嬉しそうに駆け寄っていったが、フローレンスはその場に釘《くぎ》づけになった。

ミスター・フィッツギボンがゆっくり立ち上がって近づいてくる。

「向こうへ行ってください」行かないでほしいのにフローレンスは言った。「あなたとは何も話したくないんです。また働きに来てほしいとおっしゃっても、わたしは行きませんからね」

「そんなことは全然考えてないよ」彼は面白がっているように見える。「ぼくは行くが、お母さんにさよならを言ってからだ」彼は挨拶をしてモンティーを呼ぶと、車に乗り込み行ってしまった。

フローレンスは悲しみがのどにつかえ、怒りと愛情に胸を裂かれそうになりながら言った。「なぜいらしたのかしら?」

「親切なかたね」母が言う。「わたしが病気だったことを覚えていて、回復したかどうか様子を見に来てくださったのよ」

「それはご丁寧ね」フローレンスはそっけなく言った。月曜には知っている斡旋《あっせん》所全部に電話をかけて、どこか遠いところに仕事がないかきいてみよう。できることなら地球の反対側へでも行ってしまいたい。

フローレンスは翌朝再び日曜学校で教えることになった。クラスは小さかったがなかなかまとまりがつかず、彼女は秩序を維持するのが精いっぱいだった。最後の賛美歌の前に一同を教会へ連れていった。礼拝がすむと、その中の数人を村にあるそれぞれの家へ送らなければならない。教会の庭を横切って村の道へ出るために、フローレンスは子供たちを集めた。六歳のカーク・パイクが靴のひもを結ぶのを待ちながら、彼女はぼんやり辺りを見回した。教会の庭は木々に囲まれていて平穏で、陰気くさいところが全然ない。父が牧師館に向かって小道を歩いていくのが見えた。そしてその横にいるのは……ミスター・フィッツギボンだ。

あの大きな体格に見間違いはない。二人の姿が消えるのを見送ってからフローレンスは三人の子供を反対の方向へ連れていった。彼はなぜここへ来て父と話しているのかしら？わたしを診療所へ戻らせるために、父の力を借りる気なのかしら？「戻るものですか、絶対に」フローレンスは子供たちが足を止めるほど大きな声で言った。

子供たちを引き渡し終わると、ミスター・フィッツギボンに出会わないように気をつけながら、フローレンスは牧師館へ帰った。

しかし彼も彼の車も見当たらなかった。あれは気のせいだったのかしらと思ったが、夕食のときにそうでなかったことがわかってほっとした。

「今朝の礼拝のあと、思いがけない来客があったんだよ」父が言った。「ミスター・フィッツギボンが、昼食会に行く途中立ち寄られたのさ。とても面白い話をしたよ。中世紀の建築物に興味を持っておられて、わたしが祭壇遥拝窓《ようはいまど》と柱廊の話をしたら、メルズ教会にはすばらしい柱廊があるからと、彼の家に招待してくれたんだよ」

「それはよかったわね」フローレンスはあいまいに言った。

翌朝フローレンスは、村の店にはない食料雑貨を買いにシャーボーンへ行くように母に頼まれた。『看護師情報』に掲載されている数々の斡旋所に手紙を出すために、便箋《びんせん》や切手が要るからちょうどいい。いいお天気なので、フローレンスはクレープのワンピースを着てサンダルをはき、車に乗った。

ゆっくり買い物をしたのに、一時間ほどしかかからなかった。フローレンスは修道院のそばの感じのいい喫茶店でコーヒーを飲んでから車に戻った。午後はまた散歩をして、それから手紙書きを始めよう。ニュージーランドならいいし、それがだめならカナダでもいいわ。どちらもミスター・フィッツギボンから遠く離れられるのだから。

フローレンスが家に着くと、ちょうど母が現れた。彼女はホイルで包んで皿にのせた大きなケーキを持っている。

「あら、よかったわ、ダーリン。これを村の公会堂へ届けてくれない？　教会員のお茶の会用に、ケーキを焼くと約束したのでね」

フローレンスは買ってきたものを台所のテーブルに置き、ケーキを受け取った。

「あなたが帰るまでにお昼を用意しておくわ」

フローレンスは両手でケーキを持ち、玄関を出た。ほうったままになっていた木の手押し車の上に、ミスター・フィッツギボンが座っている。横に二匹の犬を従えて。彼は立ち上がってフローレンスのほうに近づいてきた。二匹の犬もあとをついてくる。フローレンスは足を止めた。犬はほえたが、彼は黙りこくっている。

「なぜここへいらしたの?」フローレンスは荒々しい声で尋ねた。胸が激しくとどろき、手が震えたので、ケーキが危なっかしくぐらついた。

ミスター・フィッツギボンがケーキを手に取った。「歩きながら話すよ」どんな苦痛でも和らげることができそうな優しい声だ。

「いいえ……」フローレンスは弱々しく言い始めた。

「さあ、もうそんなことは言うんじゃない。ぼくにとってもぼくの患者にとっても、非常に都合が悪いことは承知の上で、一週間休みを取ったんだよ。すでに二日をむだに使ってしまったから、これ以上時間をむだにしたくない」

二人は村の道を歩いていった。小さな家を二、三軒通りすぎると、公会堂が見えてきた。

「ケーキを返して」フローレンスは乱暴に言った。

「君は何も持っていける状態じゃないよ。ぶるぶる震えているじゃないか。ぼくの顔を見たからかな?　そうだといいが」

フローレンスは足を止めた。村の店にいる人や、家の窓際に立っている人には丸見えだということを忘れて、ゆっくりと言った。「もちろんあなたの顔を見たからです、アレクサンダー。否定したって仕方がないでしょう?　でも本当のことを言ったんだから、もう帰ってください」

「だめだよ。なぜぼくが休暇を取ったと思うんだ？　診療所で君にプロポーズする気にはなれなかったし、いい機会に恵まれなかった」彼は片手でケーキを持ち、もう一方の手でフローレンスの手を取った。「結婚してくれないか、フローレンス？」

フローレンスは顔を見上げて、喜びに満ちた深いため息をついた。しかし、彼女が返事をする前に、戸口から声がかかった。

「ミス・フローレンス、それはお母さんのケーキですか？　わたしにください。これから公会堂へ行くところなので。あなたが行く必要はないわ」

フローレンスは聞いていなかったが、ミスター・フィッツギボンがケーキを手渡しに行った。彼は二、三分世間話をしてから突っ立ったままのフローレンスのところへ戻った。彼はフローレンスの手を取る。

「学校と教会の間に小さな公園がありますけど」フローレンスが言うと、彼はゆっくり歩いていった。店内にいた婦人たちがドアのところに集まって、ことの成り行きをながめている。

公園といっても小さな草地だが、ひっそりしていた。二人は半ばまで行って足を止めると、ミスター・フィッツギボンはフローレンスを腕に抱いた。「もう一度結婚してくれと頼む前に、言っておきたいことがある。君を愛している。かなり前から……。考えてみると……君がほこりよけのスカーフをかぶって窓から身を乗り出すのを見た瞬間に、恋に落ちたらしいよ」

「でも今まで何も言ってくださらず……」

「君に愛してもらえないかもしれないと思って、心配だったんだ。君が飛び込んできて辞職すると宣言したから、もしかしたら少しは愛してくれているのかなと思った。もし君に受け入れてもらえなかったら、ぼくは修道院に入るか、どこか遠方へ移住してしまうよ」

「どこへも行かないで。そんなことには耐えられないわ。あなたを愛していることに気づくのにかなり時間がかかったけれど、愛してます。永久に」

彼はフローレンスを抱き寄せてキスをした。

小さな公園がにぎやかになってきた。学校が昼休みになったので、興味津々の顔が幾つも壁伝いに一列に並んで二人を見ている。

「ミス・フローレンスにキスしてるよ」ひとりが言った。「おおい、おじさん、結婚するの？」

ミスター・フィッツギボンは顔を上げた。「ああ。うちへ帰ってみんなにそう言ってもいいよ」

フローレンスは彼の肩に寄せていた頭を上げた。「アレクサンダー……」

「もう一度言ってごらん」

「何を？　アレクサンダー？　どうして？」

「耳に優しく響くから……」

「アレクサンダー、ダーリン」そう言ってフローレンスは彼にキスをした。

●本書は、1994年1月に小社より刊行された作品を文庫化したものです。

ばら咲く季節に

2025年4月15日発行　第1刷

著　　者／ベティ・ニールズ

訳　　者／江口美子（えぐち　よしこ）

発 行 人／鈴木幸辰

発 行 所／株式会社ハーパーコリンズ・ジャパン
東京都千代田区大手町1-5-1
電話／04-2951-2000（注文）
0570-008091（読者サービス係）

印刷・製本／中央精版印刷株式会社

表紙写真／© Kirill_grekov | Dreamstime.com

ISBN978-4-596-72815-9

3月28日 発売

ハーレクイン・シリーズ 4月5日刊

ハーレクイン・ロマンス

愛の激しさを知る

放蕩ボスへの秘書の献身愛 〈大富豪の花嫁にⅠ〉　ミリー・アダムズ／悠木美桜 訳

城主とずぶ濡れのシンデレラ 〈独身富豪の独占愛Ⅱ〉　ケイトリン・クルーズ／岬　一花 訳

一夜の子のために 《伝説の名作選》　マヤ・ブレイク／松本果蓮 訳

愛することが怖くて 《伝説の名作選》　リン・グレアム／西江璃子 訳

ハーレクイン・イマージュ

ピュアな思いに満たされる

スペイン大富豪の愛の子　ケイト・ハーディ／神鳥奈穂子 訳

真実は言えない 《至福の名作選》　レベッカ・ウインターズ／すなみ　翔 訳

ハーレクイン・マスターピース

世界に愛された作家たち
～永久不滅の銘作コレクション～

億万長者の駆け引き 《キャロル・モーティマー・コレクション》　キャロル・モーティマー／結城玲子 訳

ハーレクイン・ヒストリカル・スペシャル

華やかなりし時代へ誘う

公爵の手つかずの新妻　サラ・マロリー／藤倉詩音 訳

尼僧院から来た花嫁　デボラ・シモンズ／上木さよ子 訳

ハーレクイン・プレゼンツ作家シリーズ別冊

魅惑のテーマが光る極上セレクション

最後の船旅 《ハーレクイン・ロマンス・タイムマシン》　アン・ハンプソン／馬渕早苗 訳

4月11日発売

ハーレクイン・シリーズ 4月20日刊

ハーレクイン・ロマンス

愛の激しさを知る

十年後の愛しい天使に捧ぐ アニー・ウエスト／柚野木 菫 訳

ウエイトレスの言えない秘密 キャロル・マリネッリ／上田なつき 訳

星屑のシンデレラ シャンテル・ショー／茅野久枝 訳
《伝説の名作選》

運命の甘美ないたずら ルーシー・モンロー／青海まこ 訳
《伝説の名作選》

ハーレクイン・イマージュ

ピュアな思いに満たされる

代理母が授かった小さな命 エミリー・マッケイ／中野 恵 訳

愛しい人の二つの顔 ミランダ・リー／片山真紀 訳
《至福の名作選》

ハーレクイン・マスターピース

世界に愛された作家たち
～永久不滅の銘作コレクション～

いばらの恋 ベティ・ニールズ／深山 咲 訳
《ベティ・ニールズ・コレクション》

ハーレクイン・プレゼンツ作家シリーズ別冊

魅惑のテーマが光る極上セレクション

王子と間に合わせの妻 リン・グレアム／朝戸まり 訳
《リン・グレアム・ベスト・セレクション》

ハーレクイン・スペシャル・アンソロジー

小さな愛のドラマを花束にして…

春色のシンデレラ ベティ・ニールズ他／結城玲子他 訳
《スター作家傑作選》